KB079742

시조로 읽는 삶의 풍경들

시조로 읽는 삶의 풍경들

1판 1쇄 인쇄 | 2015년 07월 01일
1판 1쇄 발행 | 2015년 07월 10일
지 은 이 | 오종문
펴 낸 이 | 이영희
펴 낸 곳 | 이미지북
출판등록 | 제2-2795호(1999. 4. 10)
주　　소 | 서울 강남구 논현로113길 13(논현동) 우창빌딩 202호
대표전화 | 02-483-7025, 팩시밀리 : 02-483-3213
e-mail | ibook99@naver.com

ISBN 978-89-89224-30-3　03810

* 이 책은 〈詩의 도시 서울〉 시조의 보급 및 교육사업 추진 계획에 의거 서울시의 일부 지원을 받아 발간되었습니다. 이 프로그램에 의해 교육을 받는 학생들에게는 무료로 제공됩니다.

이 도서의 국립중앙도서관 출판예정도서목록(CIP)은 서지정보유통지원시스템 홈페이지(http://seoji.nl.go.kr)와 국가자료공동목록시스템(http://www.nl.go.kr/kolisnet)에서 이용하실 수 있습니다.
(CIP제어번호 : CIP2015018260)

시조로 읽는 삶의 풍경들

오 종 문

이미지북

| 머리말 |

삶을 사랑할 때 사람은 누구나 시인이 됩니다

좋은 시란 아무런 매개 없이도 독자로 하여금 감정에서 감정으로 직접 영향을 미친다. 이는 시를 감상할 때 지니는 기본적인 태도 중 하나이며, 시인 또한 독자와 공감하기 위해 노력한다. 시는 인간의 모든 차이점을 뛰어 넘어 시인과 독자를 하나로 묶어주기 때문이다. 하지만 시인과 독자 사이에는 커다란 이해관계가 존재한다. 그 어떤 다양한 예술로도, 또 새로운 예술로도 이해될 수 없는 벽이 그것이다. 좋은 시가 존재하지 않는다고 성급하게 결론을 내리는 이유이기도 하다.

좋은 시가 어떤 시냐고 묻는다면, 시인과 독자의 이해관계에 존재하는 마음이 서로 통하는 시라고 말하고 싶다. 만일 어떤 시가 지니고 있는 작품의 위대성이 무엇인지를 정의하고자 한다면, 그 시가 어떤 커다란 이해관계들에 존재하고 있는가를 묻고 있기 때문이다. 좋은 시란, 시인의 가장 깊은 곳에서 울려나오는 소리를 독자가 눈으로 읽고 가슴에 담아 마음으로 공감하는 시이다.

우리가 살고 있는 시대에는 모든 사람들이 판이하게 다른 이해관계를 지니고 있다. 그 때문에 정신적으로 완전히 다른 방식으로 반응하는 다양한 계층의 사람들이 존재한다. 시인이 이러한 계층의 사람들이 공감할 수 있는 시를 창작할 수 있다면 그 시가 바로 좋은 시일 것이다. 따라서 시인이 독자의 이해와 관심사를 이끌어가는 합일점에 도달한 작품이라면, 비록 소외된 계층의 독자라 할지라도 그 시에 반응을 보이게 될 것이다.

『시조로 읽는 삶의 풍경들』은 학생들을 대상으로 기획되었다. 소중한 우리 문화 자산인 세계적인 정형시 '시조'에 대한 이해와 창작을 통해 응집된 문학적 역량을 집중하기 위해 〈시(詩)의 도시 서울〉 시조의 보급 및 교육사업 일환으로 중·고, 대학, 문학동호회 등 '찾아가는 시조교실' 특강의 교재이다.

현대시조의 흐름을 한눈에 읽을 수 읽도록 다양한 삶의 풍경들을 묘사하는 시조 작품을 선고했으며, 작품의 이해를 돕기 위해 학생들의 눈높이에 맞춰 해설을 덧붙였다. 시조를 읽는 동안 시조에 대한 인식이 바뀔 것이고, 현대시조의 흐름을 이해하게 될 것이다. 또한 작품을 통해 시인과 대화할 수 있으며, 시의 메시지를 통해 자신의 삶을 반추할 수 있을 것이다.

여기 수록된 시조 작품은 사람살이와 세상에 대한 이해 등 저마다 삶의 표정들로 빛나고 있기 때문에 시인 개개인의 작품성을 존중하면서 시조를 읽는 방법의 접근성의 다양성을 보여주고자 했다. 아무쪼록 시조를 이해하고 창작하는데 많은 도움이 되었으면 하는 바람이다.

끝으로 시조 작품 인용에 대한 저작권 사용을 허락해주신 시인들께도 진심으로 감사드린다.

2015년 6월

산수유

강경화

희미하게 흐느적거리며
바람 따라 궁시렁대는

울음 섞인 몸부림일까
웃음 섞인 춤사위일까

미친년
휘청이는 걸음마냥
끊어질 듯 이어진 너

긍정의 생각은 긍정의 꽃을 피운다

시인에게 산수유 꽃은 봄의 전령사가 아닌 '미친년'입니다. 겨울을 견디고 산수유가 꽃을 피우기까지의 과정을 "미친년의 휘청이는 걸음"이라고 표현했습니다. 왜일까요? 산수유 꽃을 바라보는 시인의 마음이 불편하기 때문입니다. 활짝 핀 노란 꽃을 두고 "울음 섞인 몸부림"과 "웃음 섞인 춤사위"라며, 꽃이 피는 이 봄을 슬퍼해야 할지 아니면 즐겨야 할지를 모를 정도로 심란한 화자의 속내를 드러내고 있습니다.

노랗게 온 산하를 물들이는 산수유가 군락으로 필 경우 더욱 아름답고, 호젓한 장소에서 필 경우에는 더욱 애틋한 마음으로 사람의 마음을 붙잡습니다. 그럼에도 화자가 봄날의 환희를 즐길 수 없는 이유는 마음이 아프기 때문입니다. 지금 이 현실의 봄날을 마냥 즐길 수 없는 상황이기 때문입니다. 이처럼 우리는 시조 작품을 읽으면서 시인의 생각과 마음을 읽을 수 있습니다. 삶의 체험이 오랫동안 마음속에서 살다가 한 편의 시조로 꽃을 피우는 것입니다.

세상의 모든 것이 다 그렇습니다. 아무리 아름다운 꽃도 부정적인 시각으로 바라보면 슬프고, 보잘것없는 꽃일지라도 긍정적인 시각으로 바라보면 향기 나는 꽃이 됩니다. 이런 긍정의 힘은 자신은 물론 세상을 바꿀 수도 있습니다.

함박눈 태왁

강문신

신묘년 새 아침을 서귀포가 길을 낸다
적설량 첫 발자국 새연교 넘어갈 때
함박눈 바다 한가운데 태왁 하나 떠 있었네

이런 날 이 날씨에 어쩌자고 물에 드셨나
아들놈 등록금을 못 채우신 가슴인가
풀어도 풀리지 않는 물에도 풀리지 않는

새해맞이 며칠간은 좀 쉬려 했었는데
그 생각 그마저도 참으로 죄스러운
먼 세월 역류로 이는 저 물속의, 울 엄마

어머니란 존재는 위대하다

새해가 되면 전국 각지에 흩어져 살던 피붙이들이 모여 정을 나누거나, 한 해의 계획을 세우고 각오를 다지기 위해 산을 오르거나, 조용한 곳을 찾아 휴식을 취하면서 새로운 한 해의 마음 정리를 합니다. 시인 또한 새해 아침 새로운 마음으로 길을 나섭니다. 그때 함박눈 내리는 바다 한가운데에 떠 있는 태왁(해녀가 자맥질을 할 때 가슴에 받쳐 몸을 뜨게 하는 뒤웅박) 하나를 발견하고 "이런 날 이 날씨에 어쩌자고 물에 드셨나/ 아들놈 등록금을 못 채우신 가슴인가" 라면서 "풀어도 풀리지 않는 물에도 풀리지 않는" 자식에 대한 부모의 사랑을 표현하고 있습니다. 이 순간 시인은, 눈이 오고 파도가 높음에도 쉬지 못하고 물질하는 해녀처럼, 화자의 어머니도 똑같은 마음으로 자신을 위해서 물질했던 기억이 떠올라 쉬려는 생각마저 죄스럽다고 합니다.

어머니란 존재는 위대합니다. 자식에게 살과 피를 내준 것만이 아니라 목숨까지도 내줄 수 있는 분이 어머니입니다. 어머니란 말 속에는 위대함과 강인함, 그리움과 따뜻함, 편안함과 포근함, 희생과 배려, 사랑과 눈물이 묻어납니다.

데칼코마니

강정숙

새는 나무에 앉아 저녁을 깃들이고
나는 물가에 서서 하루를 적고 있다
허공과 수심 사이로 물살이 긋고 간다

나르키소스 무덤인 물속은 고요한데
퍼덕이는 새소리가 산처럼 부푸는 건
서로가 서로에게로 물길 하나 내는 것

소요와 정적 모두 내 안에다 봉인하면
깊어진 생의 궁리로 새도 물도 환할까
접었다 다시 펼치면 안도 밖도 하나인,

서로가 서로에게로 물길 하나 내는 것

새가 둥지로 찾아들어 하루를 마감하는 저녁 무렵은 편안하고 가장 행복한 시간입니다. 시인도 하루의 일과를 마감하기 위해, 혹은 슬프고 고통스럽고 힘들었던 일들을 흐르는 물에 씻어내리고 정리하기 위해 잔잔하게 흐르는 물가에 서 있습니다. 순간 시인은 "허공과 수심 사이로 물살이 긋고" 가는 것을 발견하고, 고요한 물속에 파문을 일으키는 "새소리가 산처럼 부푸는 건/ 서로가 서로에게로 물길 하나 내는 것"이라며 성찰의 시간을 가집니다. 어쩌면 고요한 물이 파문을 일으키고, 새들이 편안한 저녁시간을 갖지 못한 것은 자신이 방해했기 때문이라는 생각에서입니다. 그래서 세상의 시끄러운 일과 정적까지도 자신 안에 다 갈무리할 때 물도 새도 편안하다고 말합니다. 대칭적인 무늬를 만들어내는 데칼코마니처럼 한쪽 그림을 다른 쪽에 찍어내지 않으면 완전한 그림이 되지 않듯이, 완전한 그림을 만들어내기 위해서는 나보다는 상대의 마음을 먼저 읽어내고 배려할 때 모두가 편안한 저녁 시간을 즐길 수 있는 것입니다.

그런데 인간은 왜 그렇게 하지 못할까요? 자연 속에 존재하는 것들이 서로를 배려하고 상생하듯이, 서로가 서로에게 마음을 열고 대화의 물길 하나 낸다면 안과 밖이 하나라는 것을 알게 될 것입니다.

길

강현덕

길이 새로 나면서 옛집도 길이 되었다

햇살 잘 들던 내 방으로 버스가 지나가고

채송화 붙어 피던 담 신호등이 기대 서 있다

옛집에 살던 나도 덩달아 길이 되었다

내 위로 아이들이 자전거를 끌며 가고

시간도 그 뒤를 따라 힘찬 페달을 돌린다

길은 우리의 인생

시인이 살던 집이 헐린 곳에 새로 길이 났습니다. 햇살이 잘 들던 그 방에는 버스가 지나가고, 채송화 피던 담에는 신호등이 그 자리를 지키고 섰습니다. 새로 난 길 때문에 옛집에 살던 시인도 덩달아 길이 되었습니다. "내 위로 아이들이 자전거를 끌며 가고// 시간도 그 뒤를 따라 힘찬 페달을 돌린다"고 말합니다. 과거의 기억은 소멸되지 않고 그 위에 새로운 기억으로 탄생되는 시간은 과거와 현재를 잇는 길이라고 말합니다.

길은 우리 인생입니다. 우리는 살면서 수많은 길에 직면하면서 매일매일 자신의 길을 선택하며 살아갑니다. 자신이 가는 길을 정하는 것은 자신의 의지에 따른 자유이지만, 그 인생의 길은 순탄한 길이 없습니다. 때로는 본인의 의지와는 상관없이 어떤 물리적 힘에 의해 가야 하는 길도 있습니다. 그러나 길이란 걸으면서 나아가는 것으로, 앞으로 나아가지 못하는 길은 길이 아닙니다. 또한 길은 모두에게 열려있는 것이지만, 그 길을 나아가고 나아가지 않는 것은 자신의 몫입니다. 자신에게 맞는 길이란 원래 있던 길을 찾는 것이 아니라 내가 무수히 시도하고 도전하며 실패하면서 자신의 길을 만들어가는 것입니다.

개기월식

경규희

한 치씩 검은 보자기

펼치며 쓴

저 보름달

야릇한 술래가 되어

“나 찾아 봐” 한다

그 사이

정전停電된 하늘은

피난 시절 땅 밑 굴 속.

시는 체험의 결과물

개기월식을 표현한 시조입니다. 시인의 눈에 포착된 현상만을 표현한 것이 아니라, 과거의 아픈 기억을 개기월식 현상에 투영시켜 표현했습니다. 달이 지구의 그림자에 완전히 가려 태양 빛을 받지 못하고 어둡게 보이는 개기월식 현상을 "한 치씩 검은 보자기/ 펼치며 쓴/ 저 보름달"이라며, 달이 지구에 가려지는 과정을 표현하고 있습니다. 이처럼 풀어진 줄을 당기 듯 고조시켜 시적 긴장감을 상승시키는 것이 시조의 묘미입니다.

시인은 보름달이 지구에 가려지는 과정을 지켜보면서 보는 이들을 긴장시켰던 마음을 한순간에 놓아버리듯, 술래가 된 보름달을 두고 "날 찾아봐"라면서 어두운 이미지를 밝은 이미지로 유도합니다. 화려한 것도 언젠가는 어둠에 가려지고, 그 암흑은 공포로 존재한다고 말합니다. 이미 지구에 가려 달이 사라진 세상은 아무 것도 볼 수 없는데, 시인은 왜 피난 시절 땅 밑 굴 안이라고 표현했을까요? 무섭고 배고프고 추위에 굶주렸던 어린 시절의 추억이 마음속에 남아 있기 때문입니다. 그리고 그 빛이 나타나기까지의 공포를 겪은 시인으로서는 그 어둠이 얼마나 무서운지를 잘 압니다. 시인은 개기월식을 바라보면서 어린 시절 그 무서웠던 한국전쟁의 기억이 오버랩 되어 한 편의 시를 생산한 것입니다.

엉겅퀴·2

고정국

쉽사리 야생의 꽃은
무릎 꿇지 않는다.

빗물만 마시며 키운
그대 깡마른 반골反骨의 뼈

식민지 풀죽은 토양에
혼자 죽창을 깎고 있다.

시적 대상물은 자신을 투사하는 시정신

엉겅퀴는 겉모습만 봐도 강인한 생명력이 느껴지는 야생초입니다. 유월이면 산과 들 어디를 가든지 지천으로 널려 있습니다. 넓적하고 매끄러운 꽃잎 한 장 없어 투박해 야성미가 넘쳐흐르는 남성다운 분홍색 꽃이지만, 어느 꽃보다 환상적으로 아름답습니다. 하지만 가까이 오지 못하도록 꽃이 바늘같이 삐죽삐죽 솟아 있고, 잎 또한 톱니처럼 가시로 되어 있어서 찔리면 무척 따끔합니다. 험상궂은 모양처럼 이름 또한 험악한 엉겅퀴는 가시나물이라고도 부르며, 연한 어린순은 나물로 이용하기도 하고, 뿌리는 한약재로 쓰기도 하는 우리에게 친근하고 몸에 이로운 야생초입니다. 그러나 최근에는 그 효능이 알려지면서 많은 사람들이 무분별하게 채취하고 있습니다. 그런 사람들에게 엉겅퀴는 바늘 같은 꽃과 톱니 같은 잎으로 "나를 아프게 하고 싶지 않아요. 나를 더 이상 건드리지 마세요"라고 말합니다.

시인은 엉겅퀴를 민초의 삶에 투사하여 표현하고 있습니다. "무릎 꿇지 않는다"나 "깡마른 반골의 뼈", "식민지 풀죽은 토양에/ 혼자 죽창을 깎고 있다"라는 시구를 통해 우리 민족의 강인한 삶을 비유하고 있습니다. 엉겅퀴를 통해 소외되고 주목받지 못하는 것들에게 따뜻한 시선을 투사하는 늘 깨어있는 시인의 정신을 엿볼 수 있습니다.

누이 감자

권갑하

잘린 한쪽 젖가슴에 독한 재를 바르고
눈매가 곱던 누이는 흙을 덮고 누웠다

비릿한 눈물의 향기
양수처럼 풀어놓고

잘린 그루터기에서 솟아나는 새순처럼
쪼그라든 시간에도 형형한 눈빛은 살아

끈적한 생의 에움길
꽃을 피워 올렸다

허기진 사연들은 차마 말로 못하는데
서늘한 눈매를 닮은 오랜 내력의 깊이

철없이 어린 꿈들은
촉을 자꾸 내밀었다

우리의 누이들은 참으로 위대했다

감자는 춘분(양력 3월 21일경부터 15일간)에 심어 하지(양력 6월 21일경이 시작되는 날)에 수확해 하지감자라고도 부르며, 산골에서는 쌀 다음으로 많이 먹는 주식입니다. 감자를 심기 위해서는 씨감자의 씨눈이 상하지 않도록 자른 뒤 재를 바르고 밭에 심었습니다.

이 시조는 씨감자를 심는 것에서부터 싹을 내밀기까지의 과정을 표현했지만, 전통적인 자연 서정으로 씨감자의 이미지를 끌어와 누이로 치환시키고 있습니다. 그러나 그 행간에는 힘들게 살았던 시대, 70~80년대 우리들의 누이들은 초등학교를 겨우 마친 나이에 가족을 위해 가발공장으로, 봉제공장에서 돈을 벌어야 했던 시대의 아픔을 중첩해서 표현하고 있습니다.

유방암으로 안타깝게 숨진 어느 누이, 어린 자식들을 남겨두고 떠난 그 누이를 위해 씨감자의 이미지를 차용한 것입니다. 씨감자의 운명이 땅에 묻혀 쪼그라들면서도 주렁주렁 새 감자를 매단 체 죽어가는 희생정신, 씨감자의 그 모성성에 접근해 이 땅의 모든 누이들의 절절한 삶을 노래하고 있습니다.

섬에 갇히다

권영희

실종 이틀 만에 어항에서 발견되다
물을 토해내며 제 몸의 데이터 함께
최첨단 심폐소생술에도
끝내 숨을 거뒀다

도심 속을 활보해도 고립무원의 섬
눈 뜨고 털린 건 번호만이 아닌지
광화문 사거리에서도
길은 툭툭 끊겼다

잘 지내죠 잘 있어요 불원천리 달려가며
내 심장 나의 뇌를 나 모르게 훔쳐간
휴대폰, 그 물살에 채여
따로 먼 섬이 되다

휴대폰 중독 현상, 포노포비아

현대인은 스마트폰과 TV, 컴퓨터를 막힘없이 사용하면서 다중이용자와 쌍방향으로 소통하며 살아갑니다. 인간이 사이보그의 하류로 전락하는 공상과학소설에서 나올 법한 우려가 현실화되면서 휴대전화가 작동하지 않거나 내 손에 없으면 불안감을 느끼는 휴대폰 중독 현상인 '노모포비아(nomophobia)'의 심리현상을 보여줍니다. 내 손에 휴대폰이 없거나 어느 날 갑자기 휴대폰 데이터들이 사라졌을 때 "도심 속을 활보해도 고립무원의 섬"이 될 수밖에 없으며, "광화문 사거리에서도/ 길은 툭툭 끊겼다"에서 보는 것처럼, 휴대폰 데이터에 의존하지 않고는 아무것도 할 수 없는 군중 속의 고독한 인간의 불안심리를 표현하고 있습니다. 더 무서운 것은 "내 심장 나의 뇌를 나 모르게 훔쳐간"다는 사실입니다. 몇 번의 조작으로 휴대폰 데이터 정보를 활용해 살아있음을 느끼는 현대인은 굳이 기억해서 외울 필요가 없는 편리성에 젖어 심장은 차갑게 식어가고, 뇌는 필요한 정보 대신 불필요한 정보만 기억해 휴대폰 데이터에 의존할 수밖에 없는, "휴대폰, 그 물살에 채여/ 따로 먼 섬이" 되는 무기력한 자신을 발견합니다. 지금 이 시대 복잡한 세상을 현명하게 살아가게 하는 단순한 힘, "우리에게 가장 중요한 '단 하나'는 무엇인가?"라는 선택의 질문, 바로 '사색적 삶의 부활'이라는 화두를 던져주고 있습니다.

향낭

김강호

차오른 맑은 향기 쉴 새 없이 퍼내어서
빈자의 주린 가슴 넘치도록 채워 주고
먼 길을 떠나는 성자
온몸이 향낭이었다

지천명 들어서도 콩알만 한 향낭이 없어
한 줌 향기조차 남에게 주지 못한 나는
지천에 흐드러지게 핀 잡초도 못 되었거니

비울 것 다 비워서 더 비울 것 없는 날
오두막에 홀로 앉아 향낭이 되고 싶다
천년쯤 향기가 피고
천년쯤 눈 내리고…

향낭 속에 어떤 향기를 담고 싶습니까?

향낭은 향을 넣는 주머니입니다. 여인들이 노리개 대신에 차고 다니기도 했으며, 은은한 향기를 맡기 위해 방에 걸어두기도 했습니다. 그런데 화자는 "차오른 맑은 향기 쉴 새 없이 퍼내어서/ 빈자의 주린 가슴 넘치도록 채워 주고/ 먼 길을 떠나는 성자"는 온몸이 향낭이었다고 말합니다.

빈자의 주린 가슴 채워주고 먼 길을 떠난 성자는 누구일까요? 세상에는 자신의 모든 것을 다 내어주고, 그것도 부족해 자신의 육신마저 빈자를 위해 내준 많은 성인들이 있습니다. 아니, 시인처럼 "비울 것 다 비워서 더 비울 것 없는 날/ 오두막에 홀로 앉아 향낭이 되고 싶다"면서 "천년쯤 향기가 피고/ 천년쯤 눈 내리"는 향낭이 되고 싶다는 마음을 가지면서도 실천에 옮기지 못한 사람들이 많습니다.

가진 것이 아무것도 없을지라도 마음이 부자고 행복할 수 있다면 우리 모두는 진정한 성자입니다. 향낭 속에 많은 향기를 담을 필요는 없습니다. 나보다 못한 사람을 위해 내가 가진 것을 아무 조건 없이 내줄 수 있는 그 무엇 하나만 있으면 됩니다. 내가 쓰고 남은 것들이 아닌 콩알 한쪽도 나눌 수 있는 그 마음이면 충분합니다. 그렇다면 당신은 향낭 안에 어떤 향기를 담아 세상 사람들에게 나눠주고 싶습니까?

고래가 사는 우체통

김광순

바닷가 우체통에 한 마리 고래가 산다
뱃길마다 햇살 부신 지느러미를 깔고
그리움 얼마나 크면 등에 푸른 혹이 날까

오늘도 수평선 너머 귀를 여는 아침이면
돌고래 타고 온 기다림을 걷어 내고
짧은 밤 기척도 없이 기대앉아 읽고 있다

그 파도 사이사이 들려오는 하모니카 소리
어부의 안방처럼 한 폭 바다는 밀려와서
바닷가 빨간 우체통에 꼬리 붉은 고래가 산다

여러분의 소망은 무엇이십니까?

우리나라에서 가장 먼저 해가 뜨는 울산 간절곶, 매년 새해가 되면 해돋이를 보면서 새해의 다짐을 약속하고 또 소망과 소원을 빌고, 가족의 건강과 평안을 빌기 위해 많은 사람이 찾는 곳입니다. 그 간절곶에는 거대한 빨간 우체통이 우뚝 서 있습니다.

시인은 그 우체통을 보면서 오래 전에 이곳을 떠난 고래를 생각합니다. 예로부터 울산은, 특히 장생포항은 1986년 상업 포경이 금지되기 전까지 우리나라 고래잡이의 전진기지로 전성기를 누렸던 곳입니다. 그 뿐 아니라 반구대 암각화에는 우리 선사인들이 고래를 잡았던 그림이 바위에 새겨져 있을 정도로 고래와 관련이 깊은 곳입니다.

시인은 간절곶의 푸른 바다를 바라보면서 그 옛날처럼 고래가 돌아와 푸른 바다에 헤엄쳐 다니기를 소망하고 있습니다. '마음속으로 절실히 바라다'라는 시구처럼, 간절한 마음으로 고래가 다시 돌아와 우리에게 아름다운 이야기들을 전해줄 것이라 믿습니다. 아니 소망우체통 그 엽서 속 담긴 수많은 사람들의 소망이 바다 깊은 곳에 사는 고래에게 전달될 것이라는 염원이 담겼습니다. 혹등고래가 시인의 마음 깊은 곳에서 살아있는 것 같습니다.

봄의 문상

김남규

1.
이른 새벽 상가에서
빚 독촉을 받는다
모르는 번호다
기억을 더듬는다
반드시 그 누군가에겐
빚 졌을 것
같다

2.
살아있어 미안하다
차라리 잘 됐다고
메시지에 맞절하며
골똘히 울었다
죽음은
묵하고 묵한데
소리 내어
우는
봄

유전무죄 무전유죄有錢無罪 無錢有罪

'돈 있는 사람은 죄가 있어도 죄가 없고, 돈 없는 사람은 죄가 없어도 죄가 된다'라는 말입니다. 이 말이 지금도 회자되는 이유는, 돈이면 뭐든지 해결한다는 생각들이 팽배해 사람 목숨까지도 돈으로 사려는 사람들이 있는 게 바로 이 세상입니다.

시인은 이른 아침 문상 간 상갓집에서 "빚 독촉을"하는 문자 한 통을 받습니다. 발신인이 누군지 몰라 기억을 더듬으며 "반드시 그 누군가에겐/ 빚 졌을 것/ 같다"면서 "메시지에 맞절하며/ 골똘히 운" 화자는 이 봄마저 소리 내어 울고 있다고 말합니다. 흔히 말하는 사랑이나 행복은 돈으로 살 수 없다고 말하지만, 죄가 있으면 달게 받고 죄가 없으면 당당히 사는 그런 사회가 아름다운 사회이겠지요. 바로 유전무죄 무전유죄란 마음이 떠올라 마음이 아픕니다.

"반드시 그 누군가에겐/ 빚 졌을 것/ 같다"는 화자의 술회는 긍정적입니다. 사람은 누군가에게 어떤 식이든 빚을 지고 살아갑니다. 또한 매일 마시는 공기 등도 자연에게 빚을 지면서 은혜를 입고 살고 있는 것입니다. 그럼에도 우리는 너무 당연시하면서 그 고마움을 알지 못하고 살아갑니다. 누군가에게 빚지고 살아가는 세상, 그 고마운 사람을 한 번쯤 생각하는 건 어떨까요.

전곡항

김동인

썰물에 다 들어난 너의 집은 비어 있다.
마음이야 쉽게 너를 채울 수 있겠지만
한 걸음 걸을 때마다
줄어드는 해안선

못 다한 말 몇 마디 삼켰다 뱉어놓은 듯
웅덩이 팬 곳마다 들어와 앉은 낮달
나 또한 비스듬히 누운
고깃배, 한 척이다

기운 각도만큼 기우뚱한 저녁 포구
발등을 간질이며 바닷물이 밀려든다
채워라, 펄이든 물이든
서녘놀이 견딜 때까지

그리움이 사는 곳, 포구

빈 포구의 마음은 많은 것을 생각하게 해줍니다. 아니 새벽 어시장이 파한 포구의 모습은 더욱 쓸쓸해 화자는 "썰물에 다 들어난 너의 집은 비어 있"다고 말합니다. 그 사이 시간은 흐르고 "못 다한 말 몇 마디 삼켰다 뱉어놓은 듯/ 웅덩이 팬 곳"에 어느새 낮달이 들어 와 있고, 시인도 세상의 모퉁이에 기대어 살 수밖에 없어 "비스듬히 누운/ 고깃배, 한 척이" 되어 다시 밀물이 들어올 때까지 견디는 서녘 놀처럼 그 자리를 오래도록 뜨지 못하고 있습니다.

살다보면 외로움이 깊어지는 시간이 있습니다. 그때는 포구를 찾아 바닷물이 밀려오고 빠져나갈 때 싱싱한 파도소리를 느껴보는 것도 기분 전환에 좋습니다. 한 무리 바닷새들의 자유로운 비상, 천천히 태양을 가로질러 날아가는 모습을 보면 눈이 부실 정도입니다. 모든 살아 있는 것들, 쓸쓸한 것들과 절망한 것들 그리고 지나간 시간들, 따뜻했으나 가슴 시린 이야기들로부터 온전히 자유로울 수 있는 사람은 없습니다. 살아있는 것은 무엇이든 연약하기에 욕망이 크면 클수록 그것은 더욱 탈나기 쉽습니다. 그럴수록 부드럽게 삶을 위무해야 합니다. 유연함이 강함을 이기듯, 인간은 부드러워질수록 더 강한 존재가 됩니다.

옥수수 · 1

김문억

궁금하다
뭘 하는지
웅장하고 깊은 돌 집

육중한 대문을 열고, 열고 열고 또 열고 열두 대문 열고 들어서면 얇은 絲 커튼이 열리면서 막 오르는 팡파르 웅장하다.
하얀 드레스를 똑 같이 맞춰 입은 동갑내기 소녀들의 매머드 합창단이 빛과 그림자를 찬양하고 있다.

열두 줄 현을 탄주하는
하얀 손이 바쁘다.

사설시조는 시조의 한 형식

여름날, 간식으로 먹는 옥수수는 세계 3대 식량 작물로 그 쓰임새가 아주 많기도 하지만, 문학의 소재로도 많이 인용되었습니다. 이광수는 옥수수를 "등에 업힌 어린아이 같다"고 했고, 황순원은 "잇몸까지 드러내놓고 웃는다"라고 했으며, 이상은 옥수수밭을 "관병식"이라고 표현했습니다. 그리고 윤석중은 '하모니카'로 은유했습니다. 그런데 시인은 옥수수를 두고 "궁금하다/ 뭘 하는지/ 웅장하고 깊은 돔 집"이라며, 껍질을 벗겨내고 그 안에 무엇이 있는지 확인해보고 싶은 궁금증을 유도합니다. 그런가하면 껍질 벗기는 장면 묘사에 음악성을 가미해 자연스러운 가락을 타고 있습니다. 육중하게 끼어 입은 갑옷 같은 껍질을 벗기는 일이며, 소녀 같이 이쁜 옥수수가 왜 수염을 길게 달고 있는지 참으로 가관이라는 식으로 말하지만, 그 이면에는 껍질 안에 든 농산물은 무엇이고 다 알이 맑고 이쁘다고 말합니다.

이것이 사설시조의 묘미입니다. 사설시조는 평시조에 비해 보통 초장과 종장에 비해 중장이 길어지는 형식으로, 대담한 묘사나 풍자를 통해 일상사를 사실적 표현으로 우리의 정형시에 담아내는 시조의 한 형식입니다.

영동선에 잠들다

김민정

긴 겨울
물소리가
깨어나고 있을 무렵

아버진 가랑가랑
삶을 앓아 누우시며

고단한
삶의 종착역
다가가고 있었다

봄날도
한창이던
사월도 중순 무렵

간이역 불빛 같던
희미한 한 생애가

영동선
긴 철로 위에
기적汽笛으로 누우셨다

아버지를 추억하다

간이역은 추억과 여행이 떠오르는 낭만적 공간이고, 교통수단의 실용적 공간이며, 일본에 의한 식민지 근대화의 상징이자 수탈의 공간으로 근현대 산업화와 흥망성쇠를 함께 한 생활의 현장입니다. 이처럼 간이역은 사람들마다 또는 시대별로 다양한 의미로 우리에게 다가옵니다.

이 시조는 영동선 어느 간이역의 철도원으로 생을 마감한 아버지를 추억하고 있습니다. 시인에게는 이 간이역이 추억과 그리움의 공간으로, 고향으로 가는 영동선을 탈 때마다 아버지로부터 받은 사랑과 그리움이 사월의 따스한 봄빛처럼, 아니 "영동선/ 긴 철로 위에/ 기적으로 누"운 한 생애가 시인의 가슴을 후벼 파는 추억과 그리움이 동시에 교차하는, 아버지 삶의 종착역인 간이역입니다.

여러분들은 아버지를 어떻게 생각하십니까? 요즘 많은 젊은이들은 아버지를 돈만 벌어주는 존재로만 여깁니다. 하지만 아버지는 그런 존재가 아닙니다. 자식을 위해서 보이지 않는 눈물을 흘리는 고독한 존재이며, 때로는 바위 같은 존재가 아버지입니다. 이 시는 아버지가 어떤 존재인지를 다시 한 번 생각하게 해줍니다.

새들의 생존법칙

김복근

설계도 허가도 없이 동그란 집을 짓고 산다
작은 부리로 잔가지 지푸라기 물고와
하늘이 보이는 숲속에서 별들을 노래한다
눈대중 어림잡아 아귀를 맞추면서
휘어져 굽은 둥지 무채색 깃털 깔고
무게를 줄여야 산다 새들의 저 생존법칙
대문도 달지 않고 문패도 없는 집에
잘 익은 달 하나가 슬며시 들어와
남몰래 잉태한 사랑 동그마한 알이 된다
울타리 없는 마을 둥기하는 법도 없이
비스듬히 날아보는
나는 자유의 몸
바람이 지나가면서 뼛속마저 비워냈다

자연의 길이 인생의 길과 다르지 않다

새들이 둥지를 틀고, 가족을 이루고, 새끼들을 키워내고, 그 새끼들이 자유롭게 하늘을 날고, 그 새끼 새가 다시 한 가족을 이루는 일련의 자연의 법칙이 인간에게도 똑같이 적용된다면서, 우리의 삶도 새들의 생존법칙과 다르지 않다고 말합니다.

현대사회에 만연해 있는 인간 중심주의를 넘어 인간애 대한 이해를 바탕으로 온유하고 따뜻한 마음으로 자연과 세상을 바라보는 시인의 마음이 담긴 시조입니다. 순수하고 아름다운 자연과의 공존 관계, 즉 자연의 길이 인생의 길과 다르지 않다는 사실을 우리에게 깨우쳐줍니다.

인간도 따지고 보면 자연의 일부입니다. 자연의 품에 안겨서 살다가 자연 속에 묻힌다는 사실을 잊고 삽니다. 자연은 거짓이 없으며 속일 줄도 모릅니다. 그렇기에 자연 속으로 뛰어 들었을 때 비로소 인간이 가장 아름다워집니다. 새들이 하늘을 날기 위해서는 몸무게를 줄여야 하듯 인간도 욕심의 그릇을 비워내고, 그 비워진 자리에 자연과 세상 사람들에 대한 배려의 마음을 채워야겠습니다.

칡넝쿨—집착에 대하여

김삼환

칡넝쿨이 저렇듯 제멋대로 사는 것은
필시 누가 등 뒤에서 버텨주고 있는 게지
무모한 그대의 사랑
그 견고한 집착 같은,

은행나무 소나무가 통째로 뒤틀리도록
다른 몸을 휘감아야 저렇듯 황홀인가!
죽어도 끊을 수 없는
길고 질긴 인연 같은,

한 사람의 속내를 제 맘대로 움켜쥐고
날숨도 마음대로 뱉지 못한 그대 눈에
무심히 지날 수 없는
제령리의 칡꽃 같은,

집착은 상대에게 내 방식을 강요하는 것

칡 넝쿨은 다른 물체를 감아 올라가는 것이 속성임에도 시인은 집착으로 표현하고 있습니다. 집착執着이란 '어떤 것에 늘 마음이 쏠려 잊지 못하고 매달리는 것', 즉 나의 의지와는 상관없이 이미 그렇게 벌어지고 있는 무모한 사랑을 말합니다.

시인의 말처럼 집착은 "은행나무 소나무가 통째로 뒤틀리도록/ 다른 몸을 휘감아야" 황홀함을 느끼는 것입니다. 아니 "한 사람의 속내를 제 맘대로 움켜" 쥔 쌍방향이 아닌 일방적인 소유욕입니다. 집착은 상대방에게 내 방식을 강요하는 것입니다. 집착은 병입니다. 이러한 집착에서 벗어나려면 존재의 실상을 깨닫는 것 외에는 방법이 없습니다. 아니 놓아주어야 합니다. 과거에 대한 집착도 버리고, 미래에 대한 집착도 버리고, 현재에 대한 집착도 버릴 때 우리 마음이 이 모든 속박으로부터 벗어날 수 있습니다. 소유의 사랑에서 믿어주는 사랑의 자유를 찾아야 합니다. 사랑은 소유가 아닌 서로에 대한 배려입니다. 누군가를 진정으로 사랑한다면 소유욕을 버리고 집착을 버려야 합니다. 사랑은 강요가 아니라 이해입니다.

나에게 묻다

김선희

한때 삶의 문턱 위태 위태 넘어가며
세상에 존재해야 할 이유를 생각했다
모질게 살아남은 날,
봄의 아침 기다린 날

툭 툭 툭 내 몸에서 떨어져 나간 것들
때로는 몸살하고 때로는 떠돌다가
버리고 다 비워낸 뒤
이제는 숲 이뤘다.

오롯한 시간 앞에 착하게 무릎 꿇고
떠날 때 어떤 모습 보여줄 수 있을까
적의의 내게 묻는다.
인생사의 그 의미를….

시는 자신을 들여다보는 거울

시인은 혼자만의 "오롯한 시간 앞에 착하게 무릎 꿇고" 지금까지 삶을 살아왔으며, 앞으로 남은 생을 어떤 빛깔로 물들일 것인가를 스스로에게 묻습니다. '나에게 묻는다'는 것은 자신에 대한 성찰로 자신의 모습을 들여다보는 일입니다. 위태한 하루하루 너무나 힘든 삶의 고갯길을 넘으면서, "세상에 존재해야 할 이유"를 생각하면서 과거 안 좋았던 일들은 다 버리고 새봄의 꽃 피는 아침을 갈구하는 건강한 삶의 모습을 보여줍니다. 그동안 붙잡고 싶어도 붙잡을 수 없어 떠나보냈던 소중한 것들이 다시 돌아오고, 버리고 싶어도 떨어지지 않았던 것들을 떠나보냅니다. "버리고 다 비워 낸 뒤"에 새로운 것들을 담을 수 있듯, 나무가 신록과 가을의 절정을 이룬 후 낙엽을 다 떨궈내고 새로운 잎을 피워내 더욱 찬란한 숲을 이룬다고 말합니다.

이처럼 시조는 자연의 사물을 은유해 자신을 성찰하면서 건강한 정신과 삶의 로드맵을 그리기도 합니다. 과거에 대한 성찰도 할 줄 모르고, 미래의 비전도 마련할 줄 모르는 사람이 어떻게 매일매일 새로운 출발을 시도할 수 있겠습니까. 그러한 사람은 오늘의 일에 코가 꿰여 창조적인 새로운 일을 할 수 없습니다. 인생을 살다 보면 실의와 좌절에 빠질 때가 한두 번이 아닙니다. 그런 때일수록 세상을 원망하지 말고 마음과 몸을 가벼이 하면서 사는 지혜가 필요합니다.

만경강 죽다

김수엽

괜찮은 가문이다
꽤 그럴싸한 뼈대
내 유년 들춰보면 투명한 약속들
모두가 속삭임 없이 등 맞대고 산단다.

하수구로 내뱉어진
쓰디쓴 마침표들
죽은 송사리 떼
참외 씨같이 펄럭인다.
낚시꾼 삶을 털어 내는
낯익은 풍경 하나

거품을 휘갈겨 논 야윈 강가에서
내 가슴을 친다, 내 눈을 비벼 뜬다
시커먼 눈동자가 터진
내 몸이 쓰러진다.

자연은 후손에게 물려줄 소중한 자산

인구가 늘어나고 산업이 발달한 현대에는 환경오염이 점점 심해지고 있습니다. 그 환경오염 물질은 환경을 파괴하는 데 그치지 않고 우리의 건강한 삶까지 위협하고 있습니다. 시인은 이에 대한 위기의식을 느끼면서 자연에 대한 무책임한 환경 파괴가 인간에게 어떤 비극으로 돌아오는지에 대한 경고의 메시지를 보냅니다.

만경萬頃은 '백만 이랑'이란 뜻으로 넓은 들을 말합니다. 만경강의 지명 유래에서 알 수 있듯 호남평야의 중앙을 흐르면서 사람들의 삶을 살찌워 왔습니다. 이 지역에서 자란 시인에게 이 만경강은 "괜찮은 가문이다/ 꽤 그럴싸한 뼈대"라고 말할 정도로 자부심 강한 강입니다. 그런데 지금은 환경오염으로 그 강이 병들어가고 있는 것입니다. 하수구로 마구 흘려버리는 생활 폐수나 공장 폐수로 인해 강에서 헤엄치던 송사리 떼가 죽어가고, 호남평야의 너른 들을 적시던 강물은 이미 농업용수로도 사용할 수 없어 시인의 가슴을 아프게 합니다. 옷을 다 벗어던진 깨복쟁이 친구들과 강물에 뛰어들어 물장구 치고 송사리를 잡던 그 유년 시절의 투명한 약속을 상기시킵니다. 후손들에게 깨끗한 환경을 물려주기 위해서 환경오염에 대한 경각심을 높여야 한다며 목소리를 높이면서 자연보존에 대한 관심을 유도합니다.

솔개

김연동

성근 그 죽지로는 저 하늘을 날 수 없다
쏟아지는 무수한 별 마디 굵은 바람 앞에
솟구쳐 비상을 꿈꾸는
언제나 허기진 새

이 발톱, 이 부리로 어느 표적 낚아챌까
돌을 쪼고 깃털 뽑는 장엄한 제의祭儀 끝에
파르르 달빛을 터는,
부등깃 날개를 터는,

점멸하는 시간 앞에 무딘 몸 추스르고
붓촉을 다시 갈고, 꽁지깃 벼린 날은
절정의 피가 돌리라
내 식은 이마에도

솔개의 갱생은 끊임없는 삶의 도전

솔개가 큰 날개를 펴고 하늘 높이 기류를 타고 원을 그리면서 자유롭게 날 때면 참으로 아름답습니다. 나그네새인 솔개는 40여 년이 지나면 발톱이 무뎌지고 부리가 구부러지며 깃털은 두꺼워져 더는 삶을 지탱하기가 어렵습니다. 그래서 부리가 피투성이가 되고 송두리째 뽑혀 나갈 때까지 뼈를 깎는 고통을 감내해 30년의 생을 더 연장하지만, 만일 그 고통이 두려워 안주할 경우 40년으로 생을 마감하게 됩니다.

시인은 솔개(소리개라고도 함)도 이런 고통스런 갱생의 과정을 거치면서 새로운 삶의 길을 택하고 있는데, 하물며 만물의 영장이라는 사람이 새로운 사람으로 태어나기 위한 노력을 하지 않는다면 말이 되는가라고 묻습니다. 솔개의 이런 갱생 정신을 빌어 게으름과 나태함을 물리치고, 무딘 붓촉을 다시 갈 때 "내 식은 이마에도" "절정의 피가 돌리라"고 말합니다. 생을 다할 때까지 치열한 시 정신으로 작품을 쓰겠다는 의지와 열망이 고스란히 묻어납니다. 주어진 삶을 그냥 운명이라 생각하면서 그대로 도태되고 말 것인가, 아니면 최선의 노력을 경주하여 비상할 것인가의 선택은 각자 자신의 몫입니다. 솔개가 고통스런 과정을 견뎌내면서 갱생의 길을 선택하듯, 우리도 새로운 삶을 위한 자신의 변화에 주저해서는 안 됩니다.

바다 쪽으로 피는 꽃

김연미

어제
바람 불고
오늘
파도가 높다

수직의 허공을 날아간
꽃잎들은 어찌 되었을까

별도봉
벼랑에 걸린
백치 같은
들국 핀다

단형시조는 정형시의 꽃

이 시조는 짧고 간결한 48자의 단형시조입니다. 그렇지만 한 폭의 수채화를 보는 것처럼 바다의 절벽 바위에 핀 들국화의 이미지를 포착해내고 승화시켰습니다.

어제는 바람이 심하게 불고 오늘은 파도가 높음에도 백치같이 순수한 들국이 해안 절벽에 피어 있고, 몇몇 꽃잎들은 바람에 날려 하르르 바다로 떨어지는 것을 상상할 수 있도록 독자를 유도하고 있습니다. 그 상상 위에 시간과 공간으로의 이동, 세속적인 것에서 추월적인 것으로의 이동, 그리고 제자리를 지키며 무리지어 피어난 숭고한 꽃이라는 사실을 주지시킵니다.

시인은 꽃과 사람 사이, 자연과 인간 사이에 밀고 당기는 유혹과 매혹의 힘 놀이를 하고 있습니다. 벼랑에서 수직의 허공을 날아 바다로 날아간 꽃잎, A에도 속하지 못하고 B에도 속하지 못하는 자, 제 삼자로서의 A이면서도 B인 삶의 고충과 아름다움이 시조의 행간에 녹아 있습니다. 꽃은 꽃일 수밖에 없고 뿌리는 뿌리일 수밖에 없는 정당성, 남은 자는 남고 떠난 자는 떠난 자일 수밖에 없는 현실이라면 무슨 깊은 맛이 있겠습니까. 고요함 속의 수선스러움이, 평화 속의 어지러움이, 탈출 속에 구속이 드리워지지 않는 자유. 다만 피는 꽃과 이미 져버린 꽃들이 기억하는 그 속에 미묘한 존재의 떨림이, 변화의, 탈출의 아름다움만 남아 있습니다.

꽃들의 수사

김영란

분홍빛

한 자락이

날아가 길이 되듯

텅 빈 하늘 한쪽

휘파람새로

와서 울 듯

한 生이

까맣게 익어

톡톡 튀는

저것 봐,

시란 본질에 가까울 때 공감

시조는 말을 아끼고 시인의 속마음을 초장·중장·종장의 행간과 행간 사이에 숨겨 표현하는 절제의 미학을 강조하는 정형시입니다. 그렇기에 시조가 어려워 이해하기 힘들다고도 말합니다. 그러나 시조가 다 어려운 것은 아닙니다. 시조는 가곡으로도 많이 불리고 있는 것처럼, 우리의 정서에 가장 잘 어울리는 언어와 음악성이 잘 녹아 있습니다. 한 번, 두 번 세 번 천천히 시조를 감상하다 보면 시인의 깊은 마음에 출렁이는 정서에 닿을 수 있습니다.

시인은 분홍빛 아름다운 꽃잎이 사람의 발길을 잡아끌거나 휘파람새만 와서 울어주는 어느 외진 곳에 피어난 꽃에 주목하고 있습니다. 아무도 관심을 가지지 않는 풀꽃일지라도 자신이 해야 할 일을 결코 잊지 않는 간단한 본질의 진리를 발견합니다. 자연의 순환에 따라 꽃들은 꽃 피울 때를 스스로 알아 꽃을 피우고, 씨앗 맺을 때를 알아 씨앗을 맺는다는 사실 앞에 "저것 봐"라고 말합니다. 현란한 수사를 동원하지 않고도 경이롭고 신기하고 놀랍다는 마음을 표현하고 있습니다. 때로는 많은 말보다는 말을 아끼고, 꽃에 대한 현란한 수식이나 설명보다는 아무런 설명이 없을 때 가장 본질에 가까워져 독자와 쉽게 공감할 수 있습니다.

아름다운 땀 냄새

김영재

지독하고 아름다운 땀 냄새 맡아보라

북한산 향로봉 밑 칼끝 같은 바위 길

절면서 산길 오르는 장애인 사내 뒤에서

사내는 절며 걷지만 세상을 딛고 오른다

땀 냄새는 쿠데타다. 골수에서 터진 순수

누군들 성한 다리로 온전히 걸어 왔는가

차이와 차별은 분명 다르다

이 시조의 시적 대상은 다리가 불편한 몸으로 "북한산 향로봉 밑 칼끝 같은 바위 길"을 오르는 장애인입니다. 그리고 "절며 걷지만 세상을 딛고 오"르는 그 사내 뒤에서 "골수에서 터진 순수"의 땀 냄새를 느끼며 산에 오르는 시인은 말합니다. "누군들 성한 다리로 온전히 걸어 왔는가"라고. 육체적 장애는 문제가 되지 않지만 정신적 장애를 가지고 살아가는 이들에게 "지독하고 아름다운 땀 냄새 맡아보라"고 합니다. 땀을 흘려 본 사람만이 땀의 가치를 알고, 흘린 땀이 아름답다는 것을 알기 때문입니다.

길을 가다가 장애인과 마주쳤을 때 특별한 시선으로 그들을 바라보지는 않았나요? 이 시조의 시적 대상처럼 불편한 다리로 산을 오르는 장애인을 연민이나 동정어린 시선으로 바라보지는 않았나요? 우리는 차별이라는 단어를 참 싫어하면서도, 자신도 모르게 장애인을 향한 특별한 시선이 또 다른 차별을 만들고 있다는 생각을 가지지 않습니다. 장애인과 비장애인 사이에는 분명 차이가 있습니다. 그러나 차이와 차별은 분명 다릅니다. 장애인을 바라보는 특별한 시선이 되어서는 안 됩니다. 장애인도 우리와 똑 같은 권리를 가졌습니다. 장애인을 바라보는 평범한 시선이 필요할 때입니다.

수화手花

김영주

두 모녀 전철 안에서 이야기꽃을 피운다

소리 없어 더 눈부신
상처 어르는 저 손의 말

꽃잎을
다 떨어뜨리고
숨 돌리는 손가락

소리 없는 사랑의 언어, 수화

이 시조의 시적 대상은 청각·언어장애인입니다. 대화는 약속된 몸짓이나 손짓으로 이뤄지는데, 이들의 입과 귀가 되어주는 것이 수화手話입니다. 바로 이 수화를 통해서 세상과 소통을 하는 그들만의 공식 언어입니다.

시적 배경은 두 모녀가 오순도순 이야기꽃을 피우는 지하철입니다. 딸의 귀가 되어 주고 입이 되어 주는 어머니의 사랑이 지하철 안에 환한 봄꽃으로 피어나는 것 같습니다. 시인은 손으로 말하는 '수화手話' 대신에 꽃 '화(花)' 자를 사용해 '수화手花', 즉 손의 꽃이라고 표현하고 있습니다. "소리 없어 더 눈부신/ 상처 어르는 저 손의 말"이라며, 손으로 이뤄지는 아름다운 꽃으로 승화시킨 것입니다. 시인의 눈에는 그 몸짓과 손짓으로 이루어지는 대화가 단순한 소통이 아닌 몸으로 표현하는 소리 없는 사랑의 언어로, 사람 몸에 피어나는 꽃이라고 말합니다.

우리들은 소통할 수 있다는 가치의 소중함을 항상 잊고 삽니다. 평생 동안 세상 사람들과의 소통에 대해서 많은 어려움을 겪으며 살아가는 그들을 위해 간단한 수화 정도는 알아두는 것은 어떨까요.

시집 속에

김용주

손때 묻은 시집 속에 한 모습 살아 있다
해마다 오월이면
담 넘던 덩굴장미
여린 맘 외진 자리에 꽃비를 쏟고 있다

쫓기던 시간 앞에 못 다한 말 총총하며
몇 날을 쓰고 지운 기약과 기별 사이
그렇게 떠나간 사람
무지개로 살아오고

시인의 삶이 축약된 정신적 산물, 시집

시인에게 얼마나 의미 있고 값진 선물이었으면 손때가 묻을 정도로 그 시집을 펼쳐보았을까요? "해마다 오월이면/ 담 넘던 덩굴장미"를 바라보면서 그 사람을 떠올렸을까요? 많은 세월이 흘렀음에도 아직 가슴 속에 자리 잡고 있는 그 사람은 "여린 맘 외진 자리에 꽃비를 쏟고 있"기 때문입니다. 사랑이 애증이 되고, 그 애증이 다시 용서와 화해에 이르는 사랑이 되어버린 한 사람에 대한 원망을 우회적으로 표현하고 있습니다.

사랑이란 홍역과도 같아서 인생에서 늦게 찾아오면 그만큼 더 지독하다고 합니다. 아니 항상 누군가에게 무엇으로 남기를 바라면서도 잊히지 않는 게 두려워 자꾸만 생각하게 되는 것이 그리움입니다. 어쩌면 삶이란 것도, 사랑이란 것도 늘 함께 할 때는 그 소중함을 모르고, 모든 것을 다 잃어버린 후에야 비로소 알게 된다고 고백하고 있습니다.

시인은 "쫓기던 시간 앞에 못 다한 말 총총하며" 떠난 그를 용서하고 이해하려고 합니다. 살아온 만큼의 시간들이, 아니 삶의 지혜가 시인을 용서하게 만든 것입니다. 시인이 간직한 아름다운 추억은 암실 속의 볼록렌즈입니다. 추억은 모든 것을 압축하고, 그 압축으로 인해서 실제보다 훨씬 더 아름다운 상을 만들어내기 때문입니다.

불나방

김원각

〈어영부영하다가 내 이럴 줄 알았다〉

버나드 쇼의 말이지만 그 다음은 내 차렌가

아 그 때

몸째로 그냥 들이받아야 했을 걸

절대 도망치지 말고, 절대 주저앉지 말 것!

인생이 우연이라는 명제는, 인생의 모든 순간이 우연이 아닌 매순간이 철저한 필연이라는 것입니다. 철저하게 순간을 사는 사람만이 인생의 우연성을 받아들일 수 있습니다. 콩 심은 데 콩 나는 것입니다. 아무리 좋은 기회가 왔을지라도 구체적으로 행동하지 않으면 인생은 한 폭의 그림에 불과합니다. 내 스스로 기만할지라도 받아들이고 아름다운 색을 입혀야 합니다. 살아간다는 것은 책임질 일이 늘어난다는 것이기에, 내가 선택하지 않은 인생은 하나도 없습니다. 모든 것은 스스로 선택한 데 따른 결과물입니다.

시인은 말합니다. "어영부영하다가 내 이럴 줄 알았다"면서 이젠 자신의 차례라고 말입니다. 그리고 "아 그 때" 불나방처럼 불을 "몸째로 그냥 들이받아야 했"다고. 이러한 욕망에 대해 자크 라캉은 "근원적이고 존재론적인 결핍", 들뢰즈와 가타리는 "새로운 것을 생산하고 창조하려는 무의식적인 의지"라고 했습니다. 생의 방향을 바꿔야 할 때 자신의 밑바닥을 흐르는 이 욕망을 찾아내야 합니다. 자신의 욕망이 행동에 의해 뒷받침 되었을 때 비로소 자신은 그와 같이 될 수 있습니다. 자신이 타 죽을 줄 알면서도 불 속에 뛰어드는 불나방처럼, 자신의 존재를 책임져야 하는 것이 인생입니다. 도망치거나 절대 주저앉지 마세요. 절망을 모르는 사람은 버릴 수 있는 게 뭔지를 모릅니다.

선인장

김윤숙

꽃!
하고 주었더니
손에 가시가 박혔다

바닷가 소금기 밴
손바닥선인장

눈 맞춘
붉은 열매를
살짝 댄 게 화근이다

내
사랑도 그러했다
수많은 명주실 가시

왼편이 괜찮으면
오른쪽이 더 아렸다

자꾸만
가슴 헤집어
눈물 고이게 한다

"당신을 사랑합니다"라고 말하라

손바닥선인장은 줄기 모양이 손바닥처럼 넓적한 형상을 하고 있어 손바닥선인장이라고 불리며, 부채 선인장 혹은 제주도에서는 백년초라고 합니다. 시인은 "꽃!/ 하고 주었더니/ 손에 가시가 박혔다" 면서 가시 달린 선인장을 통해 사랑의 아픔을 표현하고 있습니다.

"자꾸만/ 가슴 헤집어 /눈물 고이게" 하는 사랑의 대상은 너무나 많습니다. 이 세상 모든 것이 사랑의 대상입니다. 사랑한다는 말처럼 달콤하고 따뜻한 말도 없지만, 그 사랑은 항상 가시를 가지고 있습니다. 어떤 것을 온전히 사랑하기 위해서는 가시에 찔리는 아픔의 통과 의례를 거쳐야 합니다. 생에 빛을 주고, 향기를 주고, 기쁨을 주고, 보람을 주고, 의미를 주고, 가치와 희망을 주는 것이 사랑입니다. 아무리 들어도 싫증나지 않는 말은 사랑한다는 말입니다. 이러한 사랑이 있기에 우리는 희망과 용기와 기대를 가지고 살아 갈 수가 있습니다. 그러나 모든 사랑의 시작은 자기 자신을 사랑하는 것이 그 처음입니다. 자신을 사랑하지 않는 사람은 그 어떤 것도 사랑할 수 없습니다. 그리고 미래의 사랑이란 있을 수 없습니다. 사랑은 오직 현재의 활동일 뿐입니다. 지금 사랑을 표현하지 않는 사람은 사랑을 갖고 있지 않은 사람입니다. 사랑한다는 말을 자주 하십시오.

소름처럼 돋아나는

김의현

언젠가 뛰어내려야 나는 법을 아는 새는

퍼덕대는 날개 짓에 온 힘을 쏟는 탓에

다시는 떠난 둥지를 기억하지 못한다.

숨어 있던 날벌레들 빛 따라 날아오듯

기억 잊을 만하면 소름처럼 돋는 아픔

상처는 사람이 가진 가장 큰 형벌이다.

마음의 상처는 오래 간다

본래의 자기는 상처 받지 않지만 만들어진 자기는 상처 입기 쉽다고 했습니다. 화자의 상처는 후자입니다. 첫 수에서 말하는 것처럼, 사람은 힘들었던 시절의 아픈 과거나 아픔을 잊고 싶어 합니다. 아니 영원히 기억 속에서 지워 버리고자 합니다. 그런데 온몸에 소름이 돋을 정도로 화자를 힘들게 하는 상처는 무엇일까요? "다시는 떠난 둥지를 기억하지 못한다"라는 시구처럼 사랑하는 것들을, 소중한 것들을 내팽개치고 떠난 이에 대한 원망입니다. 육체의 상처는 피가 멎고 시간이 흐르면 낫지만, 사람으로부터 입은 상처는 심장이 멈출 때까지 계속되어 마음을 아프게 합니다. 그래서 화자는 "기억 잊을 만하면 소름처럼 돋는 아픔// 상처는 사람이 가진 가장 큰 형벌이"라고 말합니다.

타인에게 아픈 마음의 상처를 준 사람들은 언젠가는 자신도 상처를 받습니다. 한 번 상처를 입은 사람은 쉽게 치유되지 않아 자신의 상처를 들여다보는 습관이 생깁니다. 이처럼 상처를 들여다본다는 것은 자신의 아픈 과거와 다시 만나게 되어 고통스럽게 합니다. 하지만 우리 인간은 이 상처를 더욱 향기롭고 아름다운 꽃의 빛깔로 피워낼 수 있는 치유의 능력을 가지고 있습니다.

유리

김일연

산산조각 부서지면 낱낱이 베고 만다

살과 살 뼈와 뼈 속
깊이 묻은 파편들

수만의 칼날을 딛고
견고히
일어선다.

나를 버리고 나니 환하게 비치는 너

아픔도 껴안으면 맑디맑게 아물어

눈부신 수만의 상처

너는 본다
그 투명을

사람 마음은 유리처럼 쉽게 깨진다

시인은 사물인 유리의 속성을 통해 사람의 마음으로 치환하고 있습니다. 유리는 쉽게 깨질 뿐 아니라 한 번 깨지면 다시 하나로 만들 방법이 없습니다. 또한 적당히 단단해서 상처가 잘 생기지 않습니다. 그러나 유리는 '산산조각 부서지면 낱낱이 베고 만다"는 시인의 말처럼, 날카로운 무기가 되기도 합니다. 사람의 마음도 이와 같습니다. 사람의 마음은 유리처럼 쉽게 깨지기 쉽습니다. 사람에 의해 쉽게 상처를 입을 뿐 아니라 한 번 마음에 상처를 입으면 다시 원상태로 복구되지 않습니다. 이처럼 사람의 마음은 약하기도 하고 강하기도 해 말 한 마디에 상처를 입기도 하고 어떤 역경도 견디기도 합니다.

그렇습니다. 유리는 "눈부신 수많은 상처"를 바라볼 수 있는 마음의 거울입니다. "나를 버리고 나니 환하게 비치는 너"라면서 또 하나의 다른 자아를 발견합니다. 자신에게 남아있는 욕망을 산산조각 낸 뒤에야 유리의 "투명함"을 볼 수 있다고 말합니다. 아픔을 온몸으로 껴안고 치유를 위해 노력을 할 때 상처가 아물고 새 살이 돋습니다. 우리의 삶은 비움으로써 새롭게 채워가는 삶이며, 버림으로써 새롭게 깨닫게 되는 삶이기 때문입니다.

꽃무릇, 그 새빨간 바다

김정해

하늘의 뭇 별들이 수런대던 산모퉁이

산 넘고 물도 건너 그녀가 막 도착하자 남자는 봄날 내내 기다리다 스러졌다는 그늘 자리는 다북쑥 기웃대고 흰 구름만 몇 점 일어 몇 날을 북받치는 울음으로 속 깊이 검붉게 멍이 든 그 서사시

솟치는
그리움 다발
빨갛게 일어서다.

서로를 그리워하는 꽃을 아시나요?

불꽃을 연상시키는 짙은 붉은 색의 요염한 절꽃입니다. 처연한 붉은 빛, 밝은 볕에서보다 햇살 한 줌 겨우 밝히는 음지에서 더욱 신비로운 꽃, 꽃말만큼이나 슬픈 사랑의 전설을 가지고 있는 꽃으로 '석산' 혹은 '피안화彼岸花(저승꽃)'라고 불립니다. 꽃과 잎이 따로 피워 서로를 그리워한다는 가을꽃입니다. 외형의 화려함과는 달리 슬픈 사랑과 그리움을 지닌 애절한 꽃입니다. 잎과 꽃이 평생 동안 만나지 못하고, 서로 그리움을 안고 살아가야 하는 운명이기 때문입니다. 그런데 많은 사람들은 꽃무릇을 상사화로 알고 있습니다. 그러나 꽃무릇과 상사화相思花는 전혀 다른 꽃입니다. 아마도 한 뿌리에서 나왔음에도 한 번도 서로가 만나지 못하기 때문에 상사화로 부르는 것 같습니다.

시인은 꽃무릇에 대한 전설을 시로 옮겨 놓았습니다. 핏빛 붉은 색의 처연함을 안고 가냘픈 꽃줄기 위에 커다란 송이 하나만을 이고 있는 꽃무릇…. 시인의 화폭에 펼쳐진 꽃 그림만큼이나 "속 깊이 검붉게 멍이 든 서사시"로 표현했습니다. 오랫동안 가슴 속에 묻어두었던 그 속앓이를 마침내 "솟치는/ 그리움 다발/ 빨갛게 일어서다"라고 말입니다. 만약 인간이 이런 사랑을 한다면 얼마나 슬플까요. 서로 얼굴 맞대고 살을 비비면서 살 수 있는 오늘이 참으로 행복한 순간입니다.

풍경風磬

김제현

뎅그렁 바람 따라
풍경이 웁니다.

그것은, 우리가 들을 수 있는 소리일 뿐,

아무도 그 마음 속 깊은
적막을 알지 못합니다.

만등卍燈이 꺼진 산에 풍경이 웁니다.

비어서 오히려 넘치는 무상의 별빛.

아, 쇠도 혼자서 우는 아픔이 있나 봅니다.

바람이 빚는 소리, 바람이 남긴 흔적

풍경 소리는 산사에서 들을 수 있는 바람 소리, 새 소리, 목탁 소리, 독경 소리와 어우러져 그 어떤 것으로도 흉내 낼 수 없는 아름답고 맑은 소리를 들려줍니다. 숱한 세월을 감내하면서 바람이 부는 대로 쳐대고, 바람이 쉬고 싶을 때야 비로소 고요히 소리를 멈추는 아련함이 있습니다. 바람결에 따라 나는 소리이기에 늘 같을 수 없으며, 그 소리에는 헤아릴 수 없는 깊이와 철학이 숨어 있습니다. 그래서 시인은 "쇠도 혼자서 우는 아픔이 있"다고 말합니다. 끊어질 듯 이어지면서 울리는 그 떨림은 어지러운 세상에 일침을 가하는 소리입니다. 힘들고 어려운 세상 수많은 사람들에게 위안이 되고, 때로는 잔잔한 평온함으로 마음과 영혼을 쓰다듬어 주었습니다.

산사를 찾은 시인 또한 명상에 잠기면서 수행자의 마음이 되어 자신을 성찰하고 있습니다. 풍경이 우는 건 "우리가 들을 수 없는 소리"이면서 "그 마음 속 적막을 알지 못" 할 뿐 아니라 "풍경도 혼자서 우는 아픔이 있"다고 말합니다. 풍경소리를 들으며 바쁘게 살아온 일상에서 한 발짝 물러나 우리의 삶을 뒤돌아보기 위해 언제나 깨어 있어야 합니다.

초록이 운다

김종영

사월아 너는 지금
능란한 변검 배우

헐벗었던 한때의
연민을 뒤로 하고

아픔도 단칼에 베는
찰나의 연금술사

다감했던 지난날의
앨범을 들춰보면

'오래도록 지켜주마'
쉬운 말이 되돌아와

금이 간 흑백사진들이
후드득 쏟아진다

시인은 현실 직시의 눈이 필요

2014년 4월 16일 인천에서 제주로 향하던 여객선 세월호 참사를 은유하고 있습니다. 300여 명의 승객이 사망하거나 실종된 안타까운 참사를 지켜보면서 위기관리 능력의 침몰 등 한국 사회에 만연한 안전 불감증을 꼬집고 있습니다. 특히 '초록'이 암시하듯이 이제 갓 피어나는 학생들의 죽음을 애도하고 있습니다.

시인은 일 년이 지난 지금까지도 위정자들은 "능란한 변검 배우"처럼 수시로 얼굴을 바꾸고, 세월호 참사가 언제 있었느냐는 듯 유가족들의 아픔을 외면하고 있는 세태를 비판하고 있습니다. "한때의/ 연민을 뒤로 하고// 아픔도 단칼에 베"어내 듯 세월호 참사에 직·간접적으로 책임 있는 사람들에 대한 원망의 대상을 사월로 은유하고 있습니다. 둘째 수에서는 유가족의 마음을 살핍니다. 지난날 행복하고 다감했던 표정들이 총총히 갈피에 꽂힌 앨범들을 들여다보면서 '오래도록 지켜주마'며 속삭입니다. 그러나 "금이 간 흑백사진들"이 암시하듯, 현실의 이미지들은 희미하게 지워져가는 흑백사진이 되어 가슴에 남을 뿐입니다. 아니 시인은 아직도 세월호 참사의 아픔은 계속 진행형인데, 많은 사람들은 "금이 간 흑백사진들"처럼 지난 일의 아픔을 잊고 있다고 말합니다. 이처럼 시인은 현실을 직시하는 눈이 필요하며, 독자가 공감하는 시로 승화시켜야 합니다.

행군

김진길

여명 푸르스레한 실루엣 풍경 속으로
절뚝거리며 길을 가는 깃발 든 청춘들
저들이 끌고 가는 게 어디 한 생 뿐이랴
구릿빛 물이 배어 까칠해진 얼굴, 얼굴로
등에 진 군장보다 겨운 짐 나눠지고
피멍 든 동토의 경계를 체득하며 가는 거다
낯선 능선 훑어서 몇 굽이 돌다보면
살갗 쓸리는 동통, 고름 든 물집쯤이야
허리에 철망을 두른 너의 모국만 하겠느냐
우리 울며, 졸며 일방으로 가더라도
내 안에 길을 내어 다다를 그곳으로
희망의 경단 굴리며 아슥한 길 가는 거다

군인정신으로 무장한 청춘들의 행군

군인들의 훈련 중 유격훈련이 여름의 꽃이라면, 혹한기훈련은 겨울의 꽃이라 할 수 있습니다. 평소에 하는 전술훈련 등을 가장 추운 날에 실시하는 것으로, 혹한의 추위에서도 아무런 문제없이 전쟁이나 긴급 상황시 임무를 완수할 수 있는 능력을 배양하고 숙달하는 훈련입니다.

특히 행군은 추위와의 싸움으로 훈련 강도가 높습니다. 시인 또한 장교로, 깃발 든 청춘들이 햇볕에 그을린 채 "등에 진 군장"의 무게를 이겨내고, "살갗 쓸리는 동통, 고름 든 물집"으로 살갗이 드러나는 고통을 이겨내는 훈련이 조국 수호를 위한 사명감 때문이라고 말합니다. 이런 힘든 훈련은 "허리에 철망을 두른" 채 분단된 모국의 아픔에는 미치지 못한다고 말합니다. 그렇기에 이 땅의 남아들은 춥고, 배고프고, 힘들고, 아픈 시간을 견디면서 고행의 행군을 하는 젊음이 있기에 조국의 낮과 밤은 평안하고, 절뚝거리며 길을 가는 깃발 든 청춘들이 존재하는 당위성이라고 말합니다.

전선에도 해빙의 기운과 함께 봄은 찾아오겠지만, 우리를 무장 해제하려는 또 다른 봄에 대한 경계는 확실히 해야 한다는 군인정신을 보여줍니다. 우리가 다시 맞은 봄, 그 아침에 나서는 행군은 "희망의 경단 굴리"는 길이며, 오늘의 행군도 어찌 보면 인생을 살아가는 노정이라고 말합니다.

미스킴라일락

김진숙

들리네요, 화분 속에
또각
또각
하이힐 소리

눈물로 피고 지던
기지촌의 꽃밥 한 술

미스 킴 혼혈의 언니
라일락이 웃네요.

미래의 중요한 자원, 지금은 종자전쟁

종자전쟁이란 말을 들어보셨습니까? 70년대 한 미국인이 한국의 수수꽃다리 종자를 이용해 세계적인 히트상품으로 만든 '미스킴라일락'이나 세계적인 크리스마스트리가 된 제주도에서 가져간 구상나무는 지금 우리나라로 역수입되고 있습니다. 우리의 토종 자원을 지키는 일이 얼마나 중요한지를 일깨워주는 예라 하겠습니다.

시인은 수수꽃다리가 다른 종과 교배되어 미스킴라일락이라는 혼혈의 꽃으로 태어난 것을 두고 '기지촌'의 '미스킴 혼혈의 언니'로 치환하고 있습니다. 우리 꽃임에도 남의 것이 되어버린 꽃, 우리와 같은 핏줄임에도 부당한 대우를 받고, 우리나라 경제를 위한다는 이유만으로 몸을 팔아야 했던 기지촌 여성들의 고생과 고통과 노력을 이해하고 받아들일 때 "미스 킴 혼혈의 언니"와 라일락이 환하게 웃을 것이라고 말합니다.

혼혈 언니인 미스 킴의 하이힐 소리가 우리의 귓속에 더욱 크게 들리는 것처럼, 국내 농산물 대부분이 외국 종자에 종속되어가는 숙명을 교차시키면서 "농부는 굶어 죽더라도 씨앗은 베고 죽는다"는 속담과 현대에 들어 "종자를 장악하는 자가 세계를 지배한다"는 말을 상기시킵니다.

의자

김진희

이제는 네게 맘껏 자유를 주고 싶다
뜯어낸 실밥으로 고봉밥상 차리던
어머니 빈자리에는 재 냄새가 배어 있다.

마음도 문패인 양 지워진 빈집에는
육 남매 학비 걱정 밤새우던 의자가
깡마른 그림자 끌고 뚜벅뚜벅 걸어온다.

재봉틀 앞 창가에도 철없이 봄은 와서
바람 따라 괴발개발 꽃피운 개발선인장
의자 위 올려놓은 분盆 푸른 잎을 키운다.

의자는 휴식이자 어머니의 빈자리

인간은 보다 나은 삶을 살고 싶어 하는 욕구에 따라 더 나은 신체적 안락함을 위해 의자를 만들어 사용하게 되었으며, 휴식의 의미가 있습니다. 또한 철학적으로 볼 때 의자는 하나의 '자리'를 상징합니다. 그 의자에 앉는 사람들에게는 각각 '역할'이라는 것이 부여되어 권력·권위·지위 등을 나타내는 도구로, 몸을 수고롭게 움직이지 않은 채 앉아서 세상을 통치하는 자들의 상징물이었습니다. 그러나 같은 의자라도 거기에 누가 앉고, 어떻게 사용하느냐에 따라 그 의미는 달라집니다.

이 시조는 어머니의 빈자리를 '의자'로 형상화했습니다. 시인에게 의자란, 자식들이 잘 되고 편하게 쉴 수 있도록 해주는 어머니입니다. 종일 실밥을 뜯어낸 품값으로 가족들의 "고봉 밥상"을 차려주고, "육남매 학비 걱정"으로 밤을 새우며 의자에 앉아 재봉틀을 돌리시던 어머니입니다. 시인은 이제 "네게 맘껏 자유를 주고 싶다"면서 그 추억의 의자마저 기억에서 떠나보내려고 합니다. 야윈 어머니가 앉았던 그 의자에는 지금 "바람 따라 괴발개발 꽃피운 개발선인장"이 화자의 마음도 모른 채 눈치 없이 "푸른 잎을 키"워 어머니를 생각나게 하기 때문입니다. 어머니에 대한 그리움이 더욱 커져간다는 것을 우회적으로 표현하고 있습니다.

죽순

김창근

차라리 속을 비워
바람 길로 내줄지언정

밑둥까지 잘려나가도
꺾일 수는 없다더니

기어이
치솟았구나,
푸르고
질긴 외뿔

시인묵객의 소재가 된 대나무

윤선도의 오우가 중 '대나무'를 노래한 부분 중에 "나무도 아닌 것이 풀도 아닌 것이" 라는 구절이 나옵니다. 생물학상으로는 '풀'로 분류되어 다년생 풀이라고 되어 있습니다. 대나무는 땅속에서 5년을 살아야 세상 밖으로 나오게 되는데, 그것이 바로 죽순입니다. 대나무의 어리고 연한 싹으로, 마치 뿔처럼 솟아 하루에 120㎝씩 자라 우후죽순雨後竹筍의 사자성어가 생겨났습니다. 비 온 뒤의 죽순이 잘 자라는 모습에 빗대어서, 여기 저기서 쑥쑥 올라오는 모습을 비유해 많이 사용하는 말입니다. 또한 선인들은 대나무를 벗삼아 자연을 노래하고 풍류를 즐겼으며, 시인묵객들의 소재로 애용되기도 하였으며, 식용이나 약용으로 이용되고, 풍흉을 점칠 정도로 우리 생활과 밀접한 관계가 있습니다.

시인은 대나무의 성질과 상징을 은유해 단형시조로 표현하고 있습니다. 죽순이 다 자란 대나무가 되어 "차라리 속을 비워/ 바람 길로 내줄지언정"이란 시구는 군자의 겸허한 덕을, "밑둥까지 잘려나가도/ 꺾일 수는 없다"는 시구는 부러질지언정 굽히지 않는 기개와 절개를 표현하고 있습니다. 또한 "기어이/ 치솟았구나,/ 푸르고/ 질긴 외뿔"이라는 시구는 그 어떤 상황에도 굴하지 않고 강인한 생명으로 솟아나는 죽순을 표현하고 있습니다.

달항아리

김학동

반단이 위에 홀로 앉아
보름달을 기다린다

하늘과 땅을 사이하고
둥글어서 닮은 품성

너와 나
닮은 것이 많아서
달·항·아·리.

달을 품은 달항아리의 마음

밤하늘에 둥실 떠 있는 보름달을 보았습니까. 그 달을 꼭 닮은 백자 달항아리는 간결한 형태 속에 둥그스름한 멋스러움을 담아낸 조선 백자 기술의 결정체입니다. 풍만한 형태의 곡선은 부족하지도 넘치지도 않아 언제 어디서나 여유와 안정감을 줍니다. 또한 순백의 미와 균형감은 세계에서 유례를 찾아볼 수 없는 독특하고 대표적인 형식입니다. 순백색은 선비의 마음과 같은 청렴함과 여유로움을 나타내고, 아무것도 존재하지 않는 색이 아니라 오히려 자신을 깨끗하게 비우고 모든 것을 포용하는 색입니다.

시인은 "반닫이 위에 홀로 앉아" 있는 달항아리를 두고 "보름달을 기다린다"고 말합니다. 사람과 사람 사이의 인연, 만나고 헤어지는 우리의 삶들이 "하늘과 땅을 사이하고/ 둥글어서 닮은 품성"이 되기를 바라고 있습니다. 완벽하지 않은 비정형 형태에서 오는 인간미, 순하고 부족한 듯한 자연스러움에서 오는 넉넉함, 투박하면서도 정감 있는 모습이 잘나고 못남을 다 품을 수 있는 풍요로움을 지닌 달항아리를 두고 "너와 나/ 닮은 것이 많"다고 말합니다. 달 하나가 온전하게 아름답듯 그 안에 감추고 싶은 우리네 삶 역시 그 자체만으로 충분히 아름답다고 말합니다.

지상의 손 하나

김현

이제는
잡았던 손도
놓아야 할 때가 되었다

기적도 없이
계절의
접경을 넘었는가

간이역
불빛 같은 손 하나
슬며시 가지를
놓는다.

손 내밀어 눈물을 닦아주어라

여기 "이제는/ 잡았던 손도/ 놓아야 할 때가 되었다"고 안타까워하는 시인이 있습니다. 간절하게 기도하며 기적이 일어나기를 바랐지만 "기적도 없이" 삶과 죽음의 경계인 "계절의/ 접경을 넘"어버린 누군가의 한 손을 꼭 잡고 임종을 지키고 있습니다. 그리고 겨우 목숨을 잇는 숨결까지, "간이역/ 불빛 같은 손 하나/ 슬며시 가지를/ 놓"아버리듯 목숨의 끈을 놓아버리고 피안의 세계로 떠나보냈습니다.

인간의 영원한 명제인 죽음이라는 문제에 고뇌하기에는 우리의 삶이 너무 짧습니다. 그렇기에 작은 것의 소중함보다 손에 닿을 듯 잡히지 않는 것에 목매며 산다는 것은 외로운 투쟁입니다. 조금 더디 갈지라도 힘들어하는 이들의 손을 잡아주며 함께 갈 수 있는 힘은 아직 그대의 손 안에 있는 희망입니다. 항상 그대가 손에 잡고 있는 동안에는 작게 보이지만, 놓쳤을 때 그 희망이 얼마나 크고 귀중한가를 알게 됩니다. 손을 내밀어 눈물을 닦아주어야 합니다. 장미의 향기는 그 꽃을 준 손에 항상 머물러 있습니다. 그리고 손이 두 개인 이유는, 한 손은 자신을 돕는 손이고, 다른 한 손은 다른 사람을 돕는 손입니다. 인생의 모든 비밀은 우리의 손이 닿을 수 있는 곳에 은밀하게 숨어 있습니다.

비비추에 관한 연상

문무학

만약에 네가 풀이 아니고 새라면
네 가는 울음소리는 분명 비비추 비비추
그렇게 울고 말거다 비비추 비비추

그러나 너는 울 수 없어서 울 수가 없어서
꽃대궁 길게 뽑아 연보라빛 종을 달고
비비추 그 소리로 한번 떨고 싶은 게다 비비추

그래 네가 비비추 비비추 그렇게 떨면서
눈물나게 연한 보랏빛 그 종을 흔들면
잊었던 얼굴 하나가 눈 비비며 일어선다

낮 길이가 가장 긴 여름에 피는 꽃, 비비추

어쩌다 '비비추'란 아름답고도 이국적인 이름을 가졌을까요? 무슨 멧새의 울음소리를 따온 것 같기도 합니다. 그러나 어원을 찾아보면 비비추는 '비비 틀면서 나는 풀'이라는 뜻입니다. '비비'는 물체를 맞대어 문지른다는 말로서, 이는 살짝 뒤틀리듯이 올라오는 비비추의 잎 모양을 반영한 것으로 보이며, '추'는 곰취 등 나물 이름에 나타나는 '취'가 변형되어 '비비추'가 되었다고 하기도 하며, 빙글빙글 비비 꼬여 꽃이 피기 때문에 비비추라는 이름이 지어졌다고도 합니다.

시인은 이런 비비추를 시적 대상으로 삼아 "만약에 네가 풀이 아니고 새라면/ 네 가는 울음소리는 분명 비비추 비비추/ 그렇게 울고 말거다 비비추 비비추"라며, 아름다운 꽃 이름에서 연상해 새의 이미지로 풀어내고 있습니다. 실제로 시를 읽으면 마치 새가 금방이라도 울 것 같은 그런 청각적 이미지에 젖어들기도 합니다. "그러나 너는 울 수 없어서 울 수가 없어서/ 꽃대궁 길게 뽑아 연보라빛 종을 달고/ 비비추 그 소리로 한번 떨고 싶"다는 시인의 착상이 참으로 재미있습니다.

지구를 찾다

문순자

한라산도 수평선도 한눈에 쏙 와 박히는
제주시 외도동은 그야말로 별천지다
아파트 옥상에 서면
대낮에도 별이 뜬다

수성빌라 금성빌라 화성빌라 목성빌라
그것도 모자라서 1차, 2차 토성빌라
퇴출된 명왕성만은
여기서도 안 보인다

스스로 빛을 내야 별이라고 하느니
얼결에 궤도를 놓친 막막한 행성처럼
내 안에 실직의 사내
그 이름을 찾는다

가장 중요한 것은 눈에 보이지 않는다

시인은 빌라에 붙여진 행성의 이름에 착안해 대낮에도 별이 뜬다고 말합니다. 왜 사람들은 행성의 이름을 빌어 와 빌라 이름을 붙였을까요. 스스로 반짝이는 별이 되고 싶어서일까요. 그렇게 하면 더 빛나 보일 것 같아서일까요. 시인은 서민들이 모여 사는 빌라에 붙여진 행성 이름을 빌어 실직자가 된 가장의 아픔을 표현하고 있습니다.

어쩌면 이 시대의 어른들은 치열한 경쟁에 밀려 "얼결에 궤도를 놓친 막막한 행성처럼" 궤도를 이탈한 것이 아닙니다. 가장 중요한 것을 지키기 위해 자신의 모든 것을 던진 나머지 경쟁이라는 시대의 인력을 견뎌내지 못하고 마지막 빛을 발하고 사라진 것입니다. 그렇기에 지구별은 빛을 잃고 보이지 않아 시인은 스스로 빛을 발하는 지구별을 찾고자 합니다. 돈과 명예만이 잣대가 되고 권위와 편견, 쓸데없는 고집과 허황된 것에 매달려 사는 지구별이 되어서는 안 됩니다. 지구별에는 어린왕자가 사랑하는 장미꽃도, 어린왕자가 만난 사막여우와 같은 존재가 이미 사라져버린 것일까요. 어떤 것을 보기 위해선 마음으로 보는 눈이 필요합니다. 가장 중요한 것은 눈에 보이지 않기 때문입니다. 시인이 찾는 지구별은 어린왕자가 여행하던 그 별인지도 모르겠습니다. 어린왕자가 그랬던 것처럼 매일 밤 나의 별을 보면서 내 별에 살고 있는 장미꽃을 사랑하는 것은 어떨까요.

그릇

민병도

오늘 나를 배불려준 그릇을 비웁니다
먹다 남은 음식들이 눈에 자꾸 밟히지만
아까운 그 생각마저
말끔히 버립니다.

내일 나를 배불려줄 빈 그릇을 닦습니다
또 다른 한 끼의 행복한 식사를 위해
비릿한 냄새마저도
찬물 데워 헹굽니다.

우리들은 서로서로 누군가의 그릇입니다
내 안 가득 나를 채워 비워내지 않으면
흐르는 달빛 한 줄도
온전히 담을 수 없는.

마음의 문을 열고 사는 건 어떨까요?

인간 됨됨이를 마음의 그릇 크기로 표현합니다. 자신의 마음으로 세상을 보기에 그 마음만큼만 세상을 봅니다. 그러나 마음 안쪽은 세상 끝보다도 더 멉니다. 스스로의 마음이 천지만큼 커질 때 세상 마음을 온전히 볼 수 있습니다.

오늘도 나를 배불려준 그릇, 인간의 욕망을 비우는 시조를 만납니다. "또 다른 한 끼의 행복한 식사를" 끝내고 설거지한 뒤 세상의 온갖 "비릿한 냄새마저도 찬물"을 데워 헹궈냅니다. 자신을 위해서, 타인을 위해서 마음 그릇을 비워놓습니다. "우리들은 서로서로 누군가의 그릇"이기 때문입니다. 미움, 증오, 우월감 등등 수없이 많은 마음들을 닦아내고 순수한 마음을 채워놓습니다. 흐르는 달빛 한 줌도 흘리지 않고 온전히 담아내기 위해서 말입니다. 그러나 우리는 마음이 무엇인지, 어떻게 만들어지는 것인지 몰라 어떻게 닦아야 하는지도 알 수가 없습니다. 하지만 마음이 어둡고 심란할 때 가다듬을 줄 알아야 하고, 마음이 긴장하고 딱딱할 때엔 놓아버릴 줄 알아야 합니다. 마음의 문을 닫아버린 이는 사막의 외진 곳에 사는 이보다 더 외롭습니다. 오늘 자신의 마음 그릇을 생각해 봅시다. 그릇의 크기가 얼마인지, 그 마음 그릇 안에 무엇이 담겨 있는지, 지금 내 마음 속에 새겨져 있는 것은 무엇인지를 돌아봅시다. 그리고 지금까지 마음을 꼭 닫고 살았다면 이제부터라도 그 마음의 문을 열고 사는 것은 어떨까요?

쇠뜨기

박권숙

불가촉 천민으로 이 땅을 떠돌아도
너는 가을벌레처럼 흐느껴 울지 마라
풀밭에 온몸을 꿇린 소처럼도 울지 마라

새들 쪽방 하나 없어 어린 뱀밥 내어 주고
흙 한 뼘 햇살 한 뼘 지분으로 받아 든 죄
무성한 바람 소리에 귀를 닫는 저물녘

뽑히면 일어서고 짓밟히면 기어가는
너는 끊긴 길 앞에서 아무 말 묻지 마라
허공에 흩뿌린 풀씨 그 길마저 묻지 마라.

세상 모든 것은 저마다의 쓰임새가 있다

쇠뜨기는 논두렁이나 밭두렁, 둑방 등 척박한 어느 곳에서도 잘 자라는 다년생 풀로, 초식 공룡들의 먹이식물은 쇠뜨기 조상 식물이었습니다. 한 번 뿌리를 내리면 생명력이 강해 쉽사리 제거되지 않는 식물입니다. 꽃줄기는 뱀머리를 닮아다 해서 뱀풀 또는 뱀밥이라고도 합니다.

시인은 쇠뜨기를 불가촉천민이라고 말합니다. 말 그대로 접촉해서 안 되는 천민 중의 천민으로, 인간사회에서는 어떤 계급에도 속하지 못한 무리입니다. 가축인 소가 신적인 존재로 추앙받는 인도에서 소보다 더 못한 취급을 받으며 인간 이하의 삶을 살아갑니다. 시인은 이 쇠뜨기의 운명을 달리트의 운명에 비유하여 풀어내고 있습니다.

아직도 우리 사회는 어느 학교를 나왔으며, 어디서 태어났는가를 따지는 습관이 오래도록 우리를 지배해 왔습니다. 비록 쇠뜨기가 작물로 취급받지 못해 불가촉천민처럼 뿌리를 내리고 잡초로 살아가지만, 최근에는 뱀밥의 어린 순을 삶아 나물로 먹기도 하고, 차로 마시기도 하며, 뿌리는 약용으로 쓰이기도 합니다. 이처럼 우리는 어디서 태어나고 어느 학교를 나왔느냐가 중요한 게 아니라 어떻게 쓰임 있는 사람으로 살아가는가가 중요합니다. 그래서 시인은 "너는 끊긴 길 앞에서 아무 말 묻지 마라/ 허공에 흩뿌린 풀씨 그 길마저 묻지 마라"고 말합니다.

해진 데 터진 데

박기섭

니는 우째 하는 말마동 내 귀를 짜증나게 하노

이눔아 내가 나이롱 양말 질긴 줄 몰라서 안 신는 줄 아나? 중이라 카마 해진 데 터진 데 집어 신고 살 줄도 알아야제 아나 이눔아 너거나 질긴 양말 신어라

지 몸이 누더긴 줄도 헛것인 줄도 모르는 눔

"니눔, 마음의 평화나 궁구해라!"

시자승이 큰스님의 해진 양말을 보고 새 나이롱 양말로 바꿔 신기를 권하자, 큰스님은 가엾다는 투로 "이눔아 내가 나이롱 양말 질긴 줄 몰라서 안 신는 줄 아나?"며 일갈합니다. 성직자도 사람이라 좋은 것, 편한 것을 왜 싫어하겠습니다. 그러나 원하는 것을 다 갖고, 하고 싶은 일을 다 하면서 산다면 속인과 무엇이 다르겠습니까. "중이라 카마 해진 데 터진 데 집어 신고 살 줄도" 아는 게 성직자입니다.

소유욕에는 물질적인 것과 정신적인 것들도 포함됩니다. 이 사설시조는 물질적인 '나이롱 양말' 보다는 정신적인 '마음'을 구하라고 말합니다. 그러나 법구경은 이 마음이라는 것이 "변덕스럽고 요사스러워 다스리기가 매우 어렵고, 가볍게 움직여 좋아하는 곳에 쉽게 머물며, 섬세하고 미묘하여 즐거움을 따라 움직이고, 끝없이 방황하고 홀로 움직이며 물질이 아니면서 물질인 몸속에 숨는" 것이기에 잘 다스려야 마음의 평화를 얻는다고 했습니다. 우리 인생은 찰나간입니다. 늙고 버려야 할 몸뚱이보다는 마음을 궁구해야 합니다. "지 몸이 누더긴 줄도 헛것인 줄도 모르는 눔" '니눔, 마음의 평화나 궁구하라'고 말합니다. 탐욕을 절제하고 분노를 제압하고 어리석음에서 벗어나라고. 뭔가에 얽매여 살면 마음의 평화를 얻을 수 없습니다. 욕망을 채우는 것이 아닌 버림으로써 얻어지는 것입니다. 오직 마음의 평화만이 우리를 자유의 빛나는 들판으로 인도할 것입니다.

회귀의 꿈

박남식

가을 아침 숲길에 홀로 서 보았는가
어머니의 품처럼 흙냄새 향기롭고
잎들은 그 품에 안겨 안도의 숨을 쉬네.

가려 하네 모두 다 그 품으로 되돌아가려 하네
몸과 마음 흔드는 마음에도 순응하며
오랜 날 잊고 살아온 어머니의 품을 그리네.

사색의 계절, 늦가을에 서다

늦가을 아침, 시인은 숲길을 걷습니다. 곧게 뻗고, 때로는 구불구불한 샛길을 따라 아침의 정갈한 공기를 깊게 마십니다. 천천히 사색하는 걸음을 따라 낙엽 뒹구는 숲의 숨소리가 들립니다. 나뭇잎에 맺힌 이슬들이 햇살에 놀라 부산히 잠을 깨는 길을 따라 생각을 붙잡고, 걱정은 버린 채 공기의 미세한 파동을 따라 편하게 걷습니다. 그리고 키 큰 나무 아래 서서 하늘을 올려다봅니다.

지나가는 바람편에 괜스레 그리움이 밀려오고, 이유 없이 쓸쓸한 마음도 넌지시 건네줍니다. "어머니의 품처럼" 향기로운 흙냄새도 맡고, "그 품에 안겨 안도의 숨을 쉬"는 낙엽들을 바라보면서 "가려 하네 모두 다 그 품으로 되돌아가려"는 낙엽들을 봅니다. "몸과 마음 흔드는 마음에도 순응하며" 자연의 순환, 즉 어머니의 품으로 돌아가는 자유로운 마음의 흐름을 이어가는 게 숲의 규칙을 발견합니다. 화려한 모습 다 지워내고 순리대로 모든 것이 자연스럽게 흘러가게 두고, 조급함이 발목을 잡아도 한숨 돌리고 기다리는 넉넉한 마음으로 "가을 아침 숲길에 홀로 서 보"면 자연이 속삭이는 이야기를 들을 수 있습니다. 많은 나무들과 대화하면서 걷다 보면 그 길이 온전히 자신만을 위한 길이 됩니다.

토르소

박명숙

잔머리도
굵은머리도

이제 더는
굴릴 수 없어

무엇을 받쳐 들고
세상으로 나아가나

몸통만
덜렁거리며

길을 잃고
길을 갈 뿐

세상 그 어느 것도 완전한 것은 없다

토르소(torso)란 미술 용어로 목이나 팔, 다리 등이 없는 동체만의 조각 작품을 말합니다. 고대의 전신상에서 머리와 사지가 파손된 불완전 작품이나 또는 제작 도중에 그만둔 미완성 작품으로 여겼으나 로마 이후, 인체의 양감과 살이 붙은 모양을 집중적으로 표현하게 되면서 독립된 의의를 갖게 되었습니다.

이 시조는 토르소를 빌어 시인의 삶을 노래하고 있습니다. 토르소 조각 작품에 생명을 불어넣은 것입니다. "잔머리도/ 굵은머리도// 이제 더는/ 굴릴 수 없"다는 구절은 머리가 없는 토르소를 지칭하는 것이 아니라 세상을 살아가기 위해, 아니 살아남기 위해 "몸통만/ 덜렁거리며// 길을 잃고/ 길을 갈 뿐"이라는 화자의 고백입니다. 내가 살아남기 위해, 남보다 우위에 서기 위해 온갖 머리를 굴리면서 살아가야 하는 현대인의 비애를 은유적으로 표현하고 있습니다.

인간은 자연 가운데에서도 가장 연약한 하나의 갈대에 불과하지만 생각하는 갈대이기도 합니다. 그러나 세상 그 어느 것도 완전한 것은 없습니다. 인간 또한 불완전한 생명체이기에 완전하게 될 순 없으나 점점 나아질 수는 있습니다.

숟가락

박성민

온 가족 둘러앉아

된장국 먹는 저녁

별들을 떠먹이려고

허리가 휜 초승달

숟가락

입에 문 고리

밤새 집이 배부르다

된장국이 끓는 저녁 밥상을 꿈꾸며…

밥상을 두고 "온 가족 둘러앉아 된장국 먹는 저녁" 시간의 행복이 그리워집니다. 모든 것이 넘쳐나고 먹는 것에 목숨 걸지 않는 지금보다 살기 위해 새벽부터 밤늦게까지 허리가 휘도록 논밭에서 일해도 허기를 면하지 못했던 그 시절이 더 행복했습니다. 심지를 높인 등잔 불빛 아래 아버지가 숟가락 들기만을 기다리던 유년 시절…, 어쩌다가 놋숟가락에 흰쌀밥이 고봉으로 얹혔던 그 향수가 그리워집니다. 그러나 가족 해체주의는 이 정신적 안식처마저도 빼앗아버렸습니다. 온가족이 한 끼 식사를 함께 하는 것이 어려워졌고 얼굴 보기도 힘들어졌습니다. 그때의 아버지 나이보다 훨씬 더 나이를 먹어버린 지금, 경제적인 성공이 자식들에 의해 평가받는 아버지가 되어버렸습니다. 가족이란 단어에는 사랑만이 아닌 모든 인간의 정을 담고 있습니다. 바다와 같이 넓은 아버지의 사랑과 땅처럼 다 품어내는 어머니의 사랑이 있는 곳이기에 견고한 성보다 강한 곳입니다. 그럼에도 현실의 가족은 물방울처럼 연약해 돌보지 않으면 깨어지기 쉽습니다. 가족은 누구도 부정할 수 없는 인간적인 가치의 출발점이자 귀속점입니다. 시인의 시조처럼, 오늘은 "숟가락// 입에 문 고리"가 배부른 것이 아닌 된장국이 끓는 저녁 밥상에 둘러 앉아 웃음이 담장을 넘는, 가족의 정이 넘쳐나 "밤새 집이 배부르"는 시간을 갖고 싶습니다.

독작獨酌

박시교

상처 없는 영혼이
세상 어디 있으랴

사람이
그리운 날
아, 미치게
그리운 날

네 생각
더 짙어지라고
혼자서
술
마신다

네 생각 더 짙어지라고 마시는 술

술은 인류의 역사와 함께 해왔습니다. 또한 사회적 교류의 상징으로 커뮤니케이션의 상징적 매체입니다. 술을 좋아해서 마시는 사람도 있고, 술로 인해서 슬픔이나 아픔을 잊으려고 마시는 사람도 있으며, 가족이나 친구끼리 분위기에 취해서 마시는 경우도 있습니다. 그런데 술을 따라 주거나 권하는 상대가 없이 혼자서 마시는 술을 독작이라고 합니다. 혼자 술을 마시는 이유는 대개 많은 생각을 집중해서 하거나 좀더 자신이 진지해질 필요가 있을 때 마십니다. 그러나 음식이기에 적당히 먹으면 약이 되지만, 너무 과하게 먹으면 독이 되어 건강을 해치기도 합니다.

시인이 혼자 술을 마시는 이유는 "사람이/ 그리운 날/ 아, 미치게/ 그리운 날// 네 생각/ 더 짙어지라고/ 혼자서/ 술/ 마"십니다. 사람이 미치도록 그리운 날, 생각이 더욱 짙어지라고 혼자서 마시는 술은 얼마나 외롭고 쓸쓸하겠습니까. 혼자서 술을 마시며 누군가를 생각하고 그리워하면서 마시는 술은 얼마나 가슴이 아프겠습니까. 그러나 이 세상에 상처 없는 영혼이 어디 있겠습니까. 늘 누군가에게 상처를 주고, 또 누군가로부터 상처받으며 살아갑니다. 생활 속의 작은 감동, 끊임없는 새로운 시도, 상처 주지 않는 만남 등이 삶을 건강하게 만들고 아름답게 합니다.

떠날 준비

박영교

살아온 외로운 길
말벗으로 남겠습니다

돌아갈 심장 가까이 하늘이 퍼렇게 여물고

스쳐온
날빛 다 보내고
지닌 향기 떨굽니다.

나는 강물로 흐르고
그대는 한 개 나뭇잎

불어 오른 강물 따라
출렁이는 파문으로

눈물은
마르지 않고
마음속에 쌓입니다.

죽음도 삶의 풍경 중 하나

우리나라 사람은 예로부터 오래 사는 것을 가장 큰 행복으로 삼았고, 제 명대로 살다가 편안히 죽는 것을 오복의 하나로 꼽았습니다. 그래서 삶에 강렬한 애착을 지니고 있습니다. “개똥밭에 굴러도 이승이 좋다”는 말처럼, 가난에 찌들어도 천대를 받아도 이 세상에서 사는 것이 좋습니다. 이처럼 인류가 생존을 시작한 이래로 이 죽음의 문제와 항상 맞닥뜨렸습니다. 몽테뉴는, “죽음을 배운 자는 굴종을 잊고, 죽음의 깨달음은 온갖 예속과 구속에서 우리들을 해방시킨다”고 했습니다.

이 시조는 가까운 사람을 떠나보내려는 마음이 혹은 시인이 생을 마감하려 할 때의 마음가짐을 “살아온 외로운 길/ 말벗으로 남겠습니다”라고 표현합니다. 죽음을 두려워하는 것이 아니라 죽음을 당당하게 받아들이고 있습니다. “나는 강물로 흐르고/ 그대는 한 개 나뭇잎” 되어 함께 죽음에 이르고자 합니다. 그렇지만 어디에서 죽음이 기다리고 있는지 잘 모릅니다. 죽은 자는 세상의 모든 것을 접고 떠나가지만, 살아남은 자 또한 돌아갈 심장 가까이 하늘이 퍼렇게 여물면 그 뒤를 따를 것입니다. 내가 죽으면 “강물 따라/ 출렁이는 파문으로” 눈물을 흘려주고 말동무가 되어 줄 이가 이 세상에 단 한 사람이라도 있다면 얼마나 행복할까요?

소금쟁이

박옥위

아 허방, 허방이니라 네 발이 움켜쥔

한 평 땅 움켜쥔 네 소유도 허방이니라

소유란 가벼운 두 발로 물 위를 걷는 법.

소유란 가벼운 두 발로 물 위를 걷는 것

여름철 고인 물이나 연못에 소금쟁이들이 쉴 새 없이 물 위를 헤엄치는 것을 볼 수 있는데, 이는 사냥감을 찾기 위해서입니다. 긴 네 개의 다리를 벌리고 서서 평생을 물 위에 떠서 삽니다. 가운뎃다리는 잔털이 있어 물을 튕기는 역할을 해 물 위를 성큼성큼 걸어 다닐 수 있으며, 뒷다리는 방향을 바꿀 때 사용하지만 일생에 한 번 알을 낳을 때 물속으로 들어가기도 합니다.

허방이란, 땅바닥이 움푹 패어 빠지기 쉬운 구덩이를 말합니다. '허방다리를 짚다'라는 관용구로 쓰일 때는 '땅바닥인 줄 알고 발을 헛짚다'라는 뜻으로 사용됩니다. 시인은 소금쟁이가 땅 위가 아닌 평생 물 위에서 살아야만 하는 숙명을 "한 평 땅 움켜쥔 네 소유도 허방"이라면서 "소유란 가벼운 두 발로 물 위를 걷는 법"이라고 말합니다. 마음이 풍요로운 사람은 모든 것을 소유한 사람입니다. 소유했다고 기뻐할 것도, 갖지 못했다고 안타까워 할 필요도 없습니다. 오늘 못 가진 것은 내일 가질 수 있고, 오늘 가졌다고 기뻐한 그것이 내일이면 흔적도 없이 사라질 수도 있습니다. 인간은 태어나서 죽을 때까지 무엇인가 자신이 사용은 하여도 그것을 소유할 수는 없습니다.

건너 뛴 저녁

박정호

밥 한 그릇 앞에 두고
나는 또
살았습니다.

돌도 아니고
꽃도 아니고
그냥 밥이 담긴 그릇

이것 참
송구합니다

눈물 나게
맛있습니다.

밥 한 그릇에 숨겨진 세상 이야기

하루 세 끼 먹는 밥의 의미는 무엇일까요? 살기 위해서 먹을까요? 먹기 위해서 사는 것일까요? 인간에게 가장 기본적인 조건인 이 철학적 물음에는 어떤 의미가 숨겨져 있는 것일까요. 인간은 생명이기에 먹지 않고는 살 수 없습니다. 우리가 매일 먹는 생존을 위한 밥과 가족이 둘러앉아 먹는 사랑과 행복의 밥, 노동을 위한 밥 등 '밥'이란 글자에는 삶의 희로애락이 담겨 있습니다. 어떤 이에게는 한 끼의 밥이 별 대수롭지 않을 수 있으나 배고픈 사람에게는 목숨을 유지하기 위한 절대 절명의 밥일 수도 있습니다.

이 시조는 인간의 삶이 노동과 돈으로 매개되는 차원에서 밥은 곧 목숨이라는 메시지를 줍니다. 시인은 "밥 한 그릇 앞에 두고/ 나는 또/ 살았습니다"라며, 밥이 목숨이라는 보편타당적인 진리가 새로울 것은 없으나 밥을 먹어야 하는 당위성을 강조합니다. "돌도 아니고/ 꽃도 아"닌 그냥 밥일 뿐인데, 날마다 먹어야 하는 밥인데도 한 끼를 건너 뛴 배고픔을 해결하기 위해 밥을 먹으면서 시인은 송구스럽다고 말합니다. 일하지 않는 자 밥 먹지 말라는 말처럼, 놀고먹는 밥이 미안했기 때문일까요. 아니면 다른 이유에서일까요? 그러나 시인은 곧 "눈물 나게/ 맛있습니다"라며, 한 그릇의 밥 앞에 경건하고 절박하기까지 합니다. 마음을 따뜻하게 해주고, 가슴을 따뜻하게 덥혀주는 밥 한 그릇은 우리의 삶을 행복하게 해줍니다.

잊다

박지현

때 아닌
눈발처럼 찾아온
너의 생각

그 위를 덮어가는 눈, 눈, 눈 적막의 꽃

이제는
다 잊었다고
후루루 바람에 진다

평화로운 생각들을 마음속에 그려라

조용히 눈을 감습니다. 그리고 창 밖에 내리는 함박눈을 바라봅니다. 기억은 어느덧 포근하게 내리는 눈을 따라 먼 기억의 숲에 이릅니다. 그 어느 시점에서 딱 마주친 아름다운 기억 하나 혹은 나도 모르게 웃음 짓게 하는 행복한 추억 하나가 내 생각을 붙들고 있습니다. 언젠가 본 일이 있는 평화로운 정경, 아름다운 저녁노을이 점차 주위에 깔리기 시작하는 시간, 정적으로 가득 찬 아름다운 골짜기의 그림이 마음속에 그려질 것입니다. 혹은 물결치는 물 위에 내리쏟아지는 은색의 달빛이나 하얀 모래 위에 물결쳐 오는 바닷가 소나무 숲에 이는 수많은 이야기도 들려올 것입니다. 이 같은 평화롭고 아름다운 광경의 추억은 우리 마음에 치료약으로 작용합니다.

그런데 시인은 "때 아닌/ 눈발처럼 찾아온" 한 사람을 생각합니다. 그 사람이 첫사랑의 상대일 수도 있고, 가족 중 그 누구일 수도 있습니다. 시인은 "그 위를 덮어가는 눈, 눈, 눈 적막의 꽃"이라며 그 기억을 눈이 덮어주었으면 합니다. 좋은 기억은 마음의 평화를 주지만 나쁜 기억은 고통을 주기 때문입니다. 행복한 마음은 평화로운 마음입니다. 하루에 잠깐이라도 자신의 시간을 갖고 생애에 가장 행복하고 아름다운 날들을 떠올려 보는 건 어떨까요. 세상의 모든 것이 아름답게 보이고 내 안에 마음의 평화가 찾아올 것입니다.

1번 국도

박현덕

목포부터 올라온 봄이 파주에서 토악질한다
그 꽃사태에 마음 한쪽 그늘은 깊어지고
부르튼 발바닥을 보면 가족사가 보인다

늦저녁 다리 뻗고 곤한 잠을 잘 수 없다
어둠은 짐승 되어 몸집이 자꾸 커지고
이런 밤, 익명의 새로 철벽을 넘어간다

바람이 등을 친다 가로등도 모두 꺼진
작아지는 꿈들이, 별로 뜬 유형의 땅
신의주 종단점에서 게워내는 남도의 봄

북으로 달리고 싶은 1번 국도의 봄

1번 국도는 전남 목포시에서 평북 신의주시에 이르는 일반국도로, 총 길이는 약 1068㎞입니다. 한반도를 대표하는 상징적인 도로이지만 남북 분단으로 인하여 실질적 종점인 경기도 파주시까지 길이는 496.05㎞입니다.

시인은 봄날 꽃의 행렬을 따라 1번 국도를 여행하면서 분단된 우리 역사의 현실적 문제를 봄이라는 계절에 비유하고 있습니다. 길이란 사람이 다닐 수 있는 길임에도 종단점이 아닌 분단의 종단점인 파주까지 갈 수밖에 없는 민족의 아픔을 두고 "꽃 사태에 마음 한쪽 그늘은 깊어지고/ 부르튼 발바닥을 보면 가족사가 보인다"고 말합니다. 아니 더는 갈 수 없는 땅이기에 밤늦도록 잠을 못 이루며 익명의 새가 되어서라도 철책을 넘어 유형의 땅인 북녘 땅을 가로질러 가고 싶다고 말합니다. 그러나 현실의 벽 앞에 그 꿈이 이루어질 수 없음을 잘 압니다. 가로등마저 모두 꺼진 밤, 아직 꽃샘추위가 시인의 등을 시리게 하는 이유입니다. 시인의 바람처럼, 우리 민족 모두의 소원처럼 언젠가는 남도에서 시작된 봄이 1번 국도의 종착점인 신의주까지 활짝 피어나기를 기원해 봅니다.

빨랫줄

박희정

팽팽히 홀쳐매도 이내 늘어지는

한사코 펄럭이며 우리를 이어주던

또 한생 원형의 그리움 한 번 더 나부낀다

밖에서 안쪽까지 올올이 새긴 말씀

이만큼의 거리에서 그냥 바라보며

봄 한때 짧은 기억을 외줄로 앉혀본다

빨랫줄에는 그리움이 펄럭인다

빨랫줄은 마당 있는 넓은 집에 잘 어울리기도 하지만, 대도시 쪽방촌의 좁은 공간에서도 잘 어울립니다. 하얀 빨래 사이에 알록달록한 색깔의 빨래가 널려 있어도 정겹고, 그냥 줄만 쳐져 있어도 운치가 있습니다. 빨랫줄에 널린 빨래만 보고도 그 집안의 가족 수와 집안 살림 수준까지 짐작할 수 있었기 때문입니다.

작은 공간만 되면 양쪽 끝에 팽팽하게 빨랫줄을 매달면 됩니다. 쓰다 남은 나일론 끈도 괜찮고, 튼튼한 노끈도 좋으며 칡넝쿨도 괜찮습니다. 빨랫줄에 널린 빨래에는 가족 모두의 생의 이력이 담겨 있습니다. 시인은 어느 봄날 빨랫줄에 널린 빨래들이 바람에 펄럭이는 것을 바라보며 기억의 강을 거슬러 올라갑니다. 어느 순간 궂은일과 나쁜 일들까지도 다 빨랫줄에 내어 걸고 햇볕에 말려내는 중입니다.

어린 시절 빨랫줄이 마당에 걸쳐져 있을 때 우리는 모두 비슷하게 살았습니다. 앞집과 옆집, 뒷집의 담도, 마음의 담도 빨랫줄이 이어주었습니다. 그 사이에 서정적이고 인간적인 빨래가 바람에 펄럭이고, 우리 마음속에 펄럭거렸습니다. 이처럼 빨랫줄은 가족과 가족의 마음을 이어주고, 이웃과 이웃을 이어주는 그리움이었습니다. 시인 또한 봄 햇살이 좋은 어느 한때 바람에 펄럭이는 빨래를 보면서 먼 기억 속의 추억을 떠올리는 여유를 갖습니다.

잘 익은 상처는 향기롭다

배우식

1
누군가 던진 돌 하나,
나무 속에 박혀있다.
그 돌을 그러안고
통증을 견디는 서향.
안에선 상처가 익는다,
향이 왈칵 쏟아진다.

2
참았던 눈물 같은
꽃향기가 폭발한다.
고백하듯 꽃은 피고,
향내가 천리 간다.
사람도 저 서향 같아야
향기가 멀리 간다.

한 번도 상처받지 않은 것처럼 사랑하라

이 시조는 꽃의 향기가 강해 천 리까지 간다는 천리향, 즉 서향瑞香나무 향기가 왜 강한지, 천 리까지 가는 지를 보여줍니다. 누군가가 서향나무에 무심코 던진 돌멩이가 나무에 박혀 상처를 주지만, 서향나무는 그 누구의 도움 없이도 스스로 그 상처를 치유해 오히려 상처를 준 사람에게 향기를 되돌려준다는 메시지를 담고 있습니다.

오늘을 살아가는 사람들의 삶에는 상처가 너무 많습니다. 어디 사람뿐이겠습니다. 지구상에 살아 있는 모든 것에는 상처가 있습니다. 새들이 쪼아 상처 난 감이나 배, 사과 등이 더 맛있는 것은 스스로 상처를 치유하기 위해 더 많은 영양분을 공급하기 때문이며, 상처 난 풀잎이나 꽃잎 또한 스스로 상처를 치유해 더 진한 향기를 발합니다. 그러나 사람이 사람에게 말로 상처를 입으면 평생 아물지 않고 마음의 흉터로 남습니다. 상대를 무시하는 말은 마음을 분노케 하며, 원망의 말은 마음을 불편하게 만들고, 저주의 말은 복수의 마음이 일어나게 합니다. 상처 주는 말은 해서도 안 되지만, 내게 상처를 준 사람을 용서하고 화해해야 합니다. 용서하지 않으면 증오심만 키우면서 살아갑니다. 말은 향기와 아름다운 색깔을 가지고 있습니다. 위로의 말은 우리의 마음을 편안하게 하고, 용기의 말은 심장을 뛰게 하며, 참회의 말은 영혼에 감동을 줍니다.

세상의 모든 것은 배꼽이 있다

백순금

하르르 웃던 꽃잎 미련 없이 떨궈내고
무소유 햇빛 불러 우주에 몸 맡긴 채

생명의 탯줄을 달고
자양분을
빨고
있
다

삶의 윤회 함께 한 꼭짓점 하나 찍고
살갗의 축을 세워 제 몸을 살찌운 곳

세상의 살아있는 것
배꼽 하나
품고
있
다

우리 모두의 마음 고향 같은 곳, 배꼽

배꼽은 뱃복에서 온 순 우리말로 '배의 복판'이란 뜻입니다. 국어사전 풀이는 '탯줄이 떨어지면서 배의 한가운데에 생긴 자리 또는 열매의 꽃받침이 붙었던 자리'라고 풀이하고 있습니다. 엄마와 아기의 연결선인 탯줄을 통해 아기의 생명을 유지시키는 영양을 공급하던 통로였습니다. 그런데 아기가 세상에 태어나면서 탯줄이 필요치 않게 되어 떨어져나간 그 흔적을 배꼽이라고 말합니다. 서양에서의 배꼽은 몸 표면에서의 위치를 나타내는 기준점으로 사용되어질 뿐 별 기능이나 역할이 없다고 생각하는 반면, 동의보감에는 '태아의 배꼽 줄은 마치 과일이 나뭇가지에 달려 있을 때 양분이 과일꼭지로 통하는 것과 같다'면서 생명줄이라는 중요한 의미를 부여하고 있습니다.

시인은 육체적인 배꼽이 한 인간의 생명에 대한 최초의 단순한 독립과 자유를 의미한다고 말합니다. 정신적인 배꼽은 인격적으로 선하게 성숙해지는 과정을 의미하는 우리 모두의 마음의 고향 같은 곳, 신체의 작은 우주라는 시인의 생각 때문입니다. 「세상의 모든 것은 배꼽이 있다」는 인간의 존재론적 의미를 탐구하는 작품이지만, "세상의 살아있는 것/ 배꼽 하나/ 품고/ 있/ 다"는 세상 만물에 대한 존재론적 인식으로 이어집니다.

물에 대한 소고小考

백승수

넌 물처럼 아무렇게 흘러갈 수 있겠느냐

사람들 많은 말들 땡볕보다 따가운데

그런 말 염두에 두지 않고 갈 길 갈 수 있겠느냐

내심에서 일어나는 회오리를 친 소용돌이

닳고 또 닳음 속에 빛나는 네 눈동자로

그림자 둥둥 떠오르는 너를 볼 수 있겠느냐

물의 부드러움이 사람을 품어준다

물은 끊임없이 일어나 모양을 바꾸고 사라져갑니다. 우리는 잔잔한 물결이나 소용돌이처럼 다양한 물의 흐름을 두 눈으로 보면서 귀로는 물소리를 듣습니다. 이처럼 물의 속성은 우리 삶은 물론 시에서도 삶의 철학 등 여러 비유로 표현되고 있습니다.

시인은 물의 계속되는 흐름과 움직임과 물에 닿으면 젖어드는 모습이 지혜롭다면서 그 지혜로움을 인간이 배워야 한다고 말합니다. "넌 물처럼 아무렇게 흘러갈 수 있겠느냐", "그런 말 염두에 두지 않고 갈 길 갈 수 있겠느냐"는 반어법을 사용해 자신에게 위로를 하거나 혹은 가장 가까운 사람이나 친구에게 따듯한 말을 건넵니다. 세상 사람들의 구설수에 올라 마음의 상처를 입은 사람에게 용기를 북돋아줍니다. 그런가 하면 잔잔하게 흐르다가도 소용돌이를 일으키면서 흙탕물이 되고, 또 그 소용돌이가 잦아들면 아무런 일도 없었다는 듯 아주 잔잔하게 부드럽게 맑은 물이 되어 흐르는 속성을 은유해 "내심에서 일어나는 회오리를 친 소용돌이/ 닳고 또 닳음 속에 빛나는 네 눈동자"라며 말합니다.

一味

백이운

찰나에 거는 기대 그것이 너의 일생이다

만년설산에 연꽃, 솟아오를 때 힘으로

담담히 물들어 감을 至福으로 받으리니.

설산에 고고하게 피는 연꽃같은 맛

만년설산의 연꽃, 『본초강목』에는 눈 속에 피는 연꽃이라는 뜻의 설련화雪蓮花라고 기록하고 있습니다. '연꽃에 비해 작고 꽃잎은 얇으며 좁고 길다. 술을 담그면 은은한 향기가 나고 강한 강심작용과 정력증강제로 쓰며 음 속에서 양을 만드는 성질이 있다'고 했으며, 심한 내상이나 독에 중독되어 죽음이 경각에 이른 사람에게 먹이면 목숨을 구할 수 있는 신비의 영약, 구명선초求命仙草로도 알려져 있습니다. 히말라야 티베트 지역 만년설산에만 피는 꽃으로, 새들이 먹고 난 배설물에 의해 번식되거나 바람에 꽃씨가 날려 번식되는 귀한 식물입니다. 이 꽃은 꽃봉오리를 닫고 있다가 눈이 내리면 봉오리를 열며, 눈 속에서 꽃을 피울 때 자신의 열기로 눈을 녹여버리는 식물로, 술에 담가 먹거나 차로 마시기도 합니다. 시인은 이 설련화에 대한 맛을 "찰나에 거는 기대 그것이 너의 일생이다"라고 표현했습니다. 비록 그 맛을 모르지만 참으로 절묘한 표현입니다. 그리고 그 '일미'를 맛볼 수 있음을 "담담히 물들어감을 지복至福으로 받"겠다고 했습니다. 불가에서는 깨달음의 장애가 되는 번뇌 '탐·진·치'를 정화하고 순화할 때 신과 하나가 된다고 합니다. 이 정화된 본성에서 느끼는 즐거움의 맛이 바로 지복입니다. 만년설산의 풍경을 눈에 담으며 그 맛이 어떤지 느껴보고 싶습니다.

해동解凍

변현상

겨우내 강녘을 꽝 꽝 끌어안았다가

북쪽 물이 남쪽 물이
흘레붙고
있네
있네

임진각 돌고 온 바람 힐끔힐끔
웃고
가네

눈 이불로 덮었어도 속속들이 다 보이네

어머나, 어머나
쩡 쩡
용을 쓰네

물어름 얼음장 홍얼홍얼
섞네
가네

통일의 봄은 언제쯤 올까요?

이 시조를 찬찬히 곱씹어보면서 읽으면 재미가 쏠쏠합니다. 봄이 오는 길목의 소리를 들을 수 있고, 생명력이 소생하는 봄의 기운을 느낄 수 있고, 통일을 갈구하는 시인의 마음을 읽을 수가 있습니다.

시인은 꽝꽝 얼어붙었던 북쪽 강물과 남쪽 강물이 흘레붙고 있다고 말합니다. '흘레하다'란 종족을 보존하기 위하여 동물의 암컷과 수컷이 성적性的인 관계를 맺는다는 동사입니다. 봄 기운에 만물이 소생하는 것을 농밀하게 성적으로 표현하고 있습니다. 그런데 시인은 능청스럽게 임진각을 돌고 온 바람이 그 장면을 힐끔힐끔 쳐다보며 웃고 간다면서 알고도 모른 척하고 있으며, 얼음이 쩡쩡 갈라지는 것이 어느 누구의 힘이 아닌 때가 되어 스스로 갈라지는 것이 놀랍고 신기하다는 듯 "어머나 어머나"만 연발하고 있습니다. 아니 갈라져 흐르던 강과 강이 하나로 합쳐져 즐거운 마음으로 한 데 섞이면서 홍얼홍얼거리며 흐른다고 말합니다. 시인의 통일에 대한 염원이 간절하게 표출된 시구입니다.

화개장터 대장간

서석조

장검 하나 스르릉 선반에서 날이 서며
전장의 푸른 혼령들 풀무질에 살아 뛴다
북벌 그 마지막 날을 못다 벼린 대장간

왜 그랬을까 비천한 신분의 대장장이
호미 괭이 무딘 날로 활검이길 바랐으니
쇠고기 국밥 한 그릇 가뿐히 비운 오늘

검푸른 팔뚝 정맥 담금질에 불끈불끈
삼한을 아우르고 삼국을 관통해온
줏대의 기예가 번쩍 섬광을 일으킨다

이제 저 젊은 아들 대장장이가 마지막
야만의 말발굽들이 휘달려간 이 강가에
첨단의 세기를 움킨 참 외로운 한 생애의

추억과 향수의 대장간에서 역사를 읽다

시인은 화개장터를 찾았습니다. 그곳에서 오랜된 대장간을 발견하고 발걸음을 옮겼습니다. 대장장이가 가족의 생계를 위해 무딘 농기구나 각종 연장을 불에 달구어 벼리기도 하고 새로 만들기도 하는 광경을 바라봅니다. 시인은 이 대장간이 단순한 농기구를 만드는 대장간이 아니라 옛날 "전장의 푸른 혼령들 풀무질에 살아" 뛰는 "북벌 그 마지막 날을 못다 벼린" 대장간이었을지도 모른다며 혼자만의 시간 이동 여행을 떠납니다. 농기구를 녹여 사람을 죽이는 살검殺劍이 아니라 나라가 위기에 처했을 때 사람을 살리는 활검活劍을 만들던 대장간을 떠올리지만, 이내 "삼한을 아우르고 삼국을 관통해 온" 자긍심의 대장장이는 간 데 없고, 추억과 향수의 대장간으로 남은 것을 안타까워 합니다.

시인은 다시 가족의 생계를 위해 종일 뜨거운 불과 힘겨운 메질을 하며 힘든 하루를 견뎌내는 대장장이의 현실을 생각합니다. 아버지의 대를 이은 젊은 대장장이가 이 시대의 마지막 장인이 될지도 모른다는 절박함이 시인의 마음을 붙든 것입니다. 쇠가 불구덩이에서 달궈지고, 망치로 두들겨 맞고 물에도 빠지는 담금질 과정을 거쳐 강한 칼로 탄생하듯, 현실의 온갖 시련을 이겨내고 더 강한 대장장이로 살아남아 대장간의 정신과 얼을 이어가기를 바라고 있습니다.

직선을 꿈꾸다

서숙희

하루치의 밥을 위해 자존심도 유예했다
생존의 비린내 자욱하게 밴 이 하루
오늘도 구부리고 굴린
몸 하나는 고단하다

겹겹이 화려한 수사修辭 따윈 두어라
닳고 닳은 매끄런 웃음도 거두어라
갖가지 양념을 섞은 헌사도 그쯤 하라

오래 묻어두었던 직선을 다시 꿈꾸며
푸르게 벼린 양심을 살(矢) 가득히 장전하고

나가라
진실이라는, 고독한 표적을 향해

직선과 곡선의 조화

꺾이거나 굽은 데가 없는 곧은 선을 직선이라 하고, 모나지 않고 부드럽게 구부러진 선을 곡선이라고 합니다. 직선은 꺾이거나 구부러짐을 허용하지 않는 강직하고 조급하고 냉혹하고 비정함이 특징이지만, 곡선은 여유와 인정과 운치가 속성입니다. 시인 또한 직선의 속성을 시로 승화시키고 있습니다.

인간의 가장 원초적인 욕망은 사는 것입니다. 먹고 살기 위해 자존심도 기꺼이 유예해야 하고, 나보다 강한 자에게 몸을 굽실거리고, 웃음도 마음대로 웃지 못한 채 마음에도 없는 말을 해야만 조직사회에서 살아남을 수 있는 현대인의 비애를 그려내고 있습니다. 불의와 비리 등에 타협하지 않고 곧게 사는 것을 꿈꾸면서 푸르게 벼린 양심의 화살을 장전하고 고독한 진실을 향해 나아가야 한다고 말합니다. 시인의 결기가 느껴지는 시구입니다.

세상에는 많은 선과 선이 있습니다. 우리들은 그 선과 선이 만들어 놓은 공간 속에서 살아가고 있습니다. 마음과 마음을 이어주는 사랑도 부드러운 곡선인 것처럼, 직선의 뾰족함을 중화시킬 수 있는 도구는 곡선입니다. 직선적 사고만이 아닌 곡선적 사고도 필요합니다. 앞만 보고 달리는 직선을 추구하는 직선적 사고를 가진 사람은 삶의 향기, 인간의 향기가 나지 않습니다. 직선의 냉정함이 곡선의 부드러움을 만나 삶의 유연함을 만듭니다.

추상화를 보다

서연정

제 안에 꽃을 품고 씨앗이 익어가듯

물음의 꽃자리가 대답으로 부푼다

응답이 들릴 때까지 묻는 거다, 삶이란.

삶이란 자신에게 끊임없이 질문하는 것

씨앗이 미래의 꽃을 품듯이 사람은 제 안에 희망을 품고 살아갑니다. 때로는 그 희망이 절망에 꺾이기도 하지만, 그 아픔의 자리에서 새살이 돋아나 꽃을 활짝 피울 것이란 것을 믿기 때문입니다. 그래서 스스로에게 질문하고 그 답을 찾으려고 합니다. 결국 삶의 의미는 스스로 찾는 것이요, 스스로 만들어 나아가는 것입니다. 시인은, 삶이란 "응답이 들릴 때까지 묻는 거"라고 말합니다. 꽃이 핀 꽃자리가 씨앗을 맺는 대답으로 돌아오는 것처럼, 우리 삶도 열매를 맺는다고 합니다.

삶이란, 큰 것이 아닌 아주 작은 것으로 이루어집니다. 또한 삶에는 내가 들 수 있는 만큼의 무게가 있습니다. 하늘의 수많은 별들과 마찬가지로 거대한 우주의 당당한 구성원이라는 그 사실 하나만으로도 자신의 삶을 충실히 살아가야 할 권리와 의무가 있습니다. 삶을 두려워하거나 회피해서는 안 됩니다. 삶은 살아볼 만한 가치가 있는 것이라고 믿게 될 때 가치 있는 삶을 창조하며 살아갈 수 있습니다.

열쇠나무

서일옥

수많은 소망들이 꽃등으로 걸려 있다

또 한 쌍의 연인들이 다정스레 걸어와선

변하지 않을 징표를

이 나무에 달고 간다

그 언약들 마음에 담겨 가슴마다 별이 되고

깊어지는 사랑만큼 안테나는 높아져서

밤마다 교신을 하며

뜨겁게 빛을 뿌린다

사랑이란 마음을 나누는 것

서울 남산N타워에 가면 사랑의 열쇠나무가 있습니다. 연인들이 사랑의 맹세를 하고 사랑의 나뭇가지에 열쇠를 걸어 잠갔습니다. 연인들이 자물쇠로 사랑을 걸어두는 이유는 서로 헤어지지 않도록 꼭꼭 묶어두는 의미가 있습니다. 언제나 영원하자고, 우리 사랑 변치 말자고 약속하며 자물쇠를 채운 뒤 열쇠를 꼭꼭 숨겨야 사랑이 이루진다고 믿어 열쇠를 던집니다. 서로의 소원이나 이름을 써서 걸어두면 영원한 사랑이 이뤄진다는 속설을 믿기 때문입니다.

꼭꼭 잠긴 육중한 성문도 작은 열쇠 하나면 열 수 있습니다. 이처럼 굳게 닫힌 사람의 마음도 사랑만 있으면 열 수 있습니다. 그러나 열쇠 하나로 꽉 묶여진 자물쇠를 보면 사랑이 아니라 속박일는지도 모릅니다. 상대방의 마음까지도 묶는 것이 진정한 사랑인지는 모르지만, 어쩌면 그것은 속박과 집착일지도 모릅니다. 사랑이란 마음을 나누는 것입니다. 마음을 나눈다는 것은 너와 내가 다르지 않으며, 나에게는 특별한 존재라는 뜻이기에 내 것을 아낌없이 주게 되는 것입니다. 사랑하는 사람에게 '사랑한다'는 말 한 마디가 더 필요한 것인지도 모릅니다.

희망겉절이

서정택

네가
봄동이라면
좋겠네
참, 좋겠네

이토록 맵찬 현실
얼어붙은 목젖 넘겨

아사삭,
눈물 한 접시
텅 비도록 먹고 싶네

가장으로 살아간다는 것은…

시인은 달고 사각거리며 씹히는 맛이 좋은 봄동이란 시적 대상물을 통해 희망을 이야기합니다. 한겨울 추위를 이겨내고 초록잎을 내민 봄동, 꽃샘추위가 물러가지 않은 이른 초봄에 입맛을 돋우는 봄동이면 참 좋겠다고 말합니다. 간단하게 갖은 양념에 무쳐 먹는 알싸한 겉절이처럼, 맵찬 현실을 아사삭 씹어 먹고 싶어합니다. 얼마나 삶이 힘들었으면 눈물마저 다 비워내도록 먹고 싶었을까요.

그 누군들 사는 게 힘들지 않는 사람이 어디 있겠습니까. 특히 가장의 삶을 살아야 하는 아버지는 더 힘듭니다. 그래서 김현승 시인은 "아버지의 눈에는 눈물이 보이지 않으나/ 아버지가 마시는 술에는 항상/ 보이지 않는 눈물이 절반이다./ 아버지는 가장 외로운 사람이다"고 했습니다. 나는 누구인지, 아버지는 어떤 존재인지, 가족이란 무엇이며, 사회는 나와 어떤 관련을 맺고 있는지 깊이 생각해 보아야 합니다. 시인의 바람처럼 맛있는 겉절이 봄동 한 접시를 다 비우듯 세상의 눈물 한 접시를 다 비워내면 그 다음엔 우리에게 희망이 찾아올까요. 과연 그럴까요. 그러나 시인은 그 희망이 온다고 굳게 믿고 있습니다.

풋 앵두 필 때

선안영

갓 돋은 가슴 쥐며 아프다는 열세 살 딸애
녹두알만한 꽃눈처럼, 잎눈처럼 자리 잡은

수줍게 부풀어 오를
아, 봄날의 꽃봉오리

어머니는 아프고 덜 여문 내 젖가슴에
새빨간 아까징끼 발라서 후 후 불어

새 숨을 불어넣다가도
푸훗- 자꾸 웃으셨네

딸아이의 젖가슴에 약 발라 불어주다
나도 풋- 자꾸만 웃음이 번져오네

구근球根을 옮겨 심은 듯
입과 입 숨을 타는

열세 살은 모든 순간이 꽃봉오리

어른이 되어가는 열세 살 딸을 지켜보는 어머니의 사랑과 정을 느끼게 합니다. 이 나이가 되면 여자아이는 사춘기가 시작되면서 몸에도 변화가 일어납니다. 가슴이 도드라지고 생리가 시작되는 아이도 있습니다. 학교에서의 성교육은 현실성이 결여된 주먹구구식입니다. 성에 무지한 아이들은 자신의 몸이 이상한 줄 알고, 자신이 어디 아픈 줄 아라 두려움을 갖기도 합니다.

엄마의 열세 살 때는 어땠으며, 열세 살 때의 엄마에겐 무슨 고민이 있었을까요? 뭐가 제일 중요한 문제이고, 뭐가 제일 소중했을까요? 사춘기가 되면 말이 없어지거나 쉬이 짜증이 늘고 방에만 틀어박혀 자기만의 시간을 갖기 원합니다. 사춘기가 시작되었다는 것은 바로 자아가 생겼다는 증거입니다. 때문에 사춘기는 위험한 시기가 아닌 많은 것을 생각할 수 있는 시기이며, 누구에게나 오고 또 지나갑니다.

약이 귀한 시절에는 빨간약(아까징끼)이 최고였습니다. 상처 난 곳에 이 약만 바르면 아프던 곳도 금방 사라질 것 같았기 때문입니다. 엄마도 젖가슴이 아프다는 딸을 위해 빨간약을 발라주면서 자신의 어머니가 해주었던 그 방식 그대로 딸에게 해주고 있다는 사실에 웃음을 짓습니다. 그 모습이 마치 수줍게 부풀어 오른 봄날의 꽃봉오리 같습니다.

성냥

손영희

불을 당긴다는 말

너를 당긴다는 말

확, 가슴으로 번져

발목 잡힌다는 말

목숨이

목숨을 바꿔

한 줌 재로 남는다는 말

시인은 언어에 생명을 불어넣는 연금술사

인류가 불을 처음 사용한 시기를 50만 년 전으로 추정합니다. 그러나 인공적으로 불을 피우기 시작한 것은 농경생활 후부터로, 나무를 서로 마찰시키거나 부싯돌을 황철석에 부딪혀서 불꽃을 일으키기도 했습니다.

우리나라엔 개항기인 1880년 개화 스님이 일본에서 처음 들여왔다는 기록이 있지만, 실제로 우리 농촌에서는 60년대 말까지도 원시적인 방법으로 불을 피우기도 했습니다. 그래서 성냥 한 갑에 쌀 한 되라는 말이 나올 정도로 귀한 물건이었습니다. 그런데 라이터가 일반화되면서 성냥 사용이 줄어들어 요즘에는 찾아보기 어렵게 되고 있습니다. 변변한 장난감이 없었던 어린 시절, 이 성냥 한 통만 있으면 시간 가는 줄 모르고 재미있게 놀았던 기억이 생생합니다.

시인은 이 성냥을 사랑으로 치환하고 있습니다. 성냥의 화약이 순식간에 불을 당기듯이, 사랑이란 한 사람의 마음이 또 다른 사람의 마음을 당겼을 때 가슴으로 확 번지는 불길로 표현하고 있습니다. 그 사랑이 서로의 발목을 잡는 것처럼 평생을 살아가는 것이라고 말합니다. "목숨이/ 목숨을 바꿔/ 한 줌 재로 남는다는 말"처럼, 짧은 순간 불꽃으로 확 타올라 사라지는 성냥의 속성처럼, 진정한 사랑이란 서로의 목숨을 나누면서 함께 가는 것이라고 말합니다. 이처럼 시인은 언어에 생명을 불어넣는 연금술사입니다.

매미가 살피다

송선영

안개 숲 거느리고 산허리 달려온 매미

응급실 유리벽에 곧추서서 짐짓 살피네

막막한 그 은빛 바다

한 점 바위섬 같은

*

안개 속 표류 중 나도 저냥 외톨이 섬

서둘러 외톨 섬에 찾아온 매미 하나

느껍네, 눈여겨보는 거

한식경 비손하는 거.

가족이란 말에는 인간의 정이 묻어난다

시인은 병원의 응급실에 와 있습니다. 가족 중 한 사람이 사고를 당해 응급처치를 받는 동안 무사하기를 기원하며 안정부절한 채 발을 동동 구르고 있습니다. 마치 시인의 마음 상태를 대변하기라도 하듯 응급실 밖은 안개가 잔뜩 끼어 있습니다. 그때 산허리를 달려온 매미가 "응급실 유리벽에 곧추서서 짐짓" 안을 살피는 것을 발견합니다. 그 모습이 시인의 눈에는 막막한 은빛 바다에 떠 있는 한 점 바위섬 같다고 말합니다. 시인은 매미를 자신으로 치환 은유하고 있는 것입니다. 매미가 응급실 안을 살핀다고 말하지만, 사실은 시인이 응급실 안 상황이 궁금해 살피는 것입니다. 응급실로 들어간 환자가 위급한 상황임에도 아무것도 할 수 없는 시인의 현재 마음이 막막한 은빛 바다에 떠있는 한 점 바위섬처럼 외롭습니다. 안개 속을 표류하는 외톨 섬이 될 수밖에 없는 시인의 간절한 기도, 한동안 아무것도 할 수 없어 외톨 섬이 된 그 장소에 또 하나의 가족이 찾아옵니다. 제발 아무 일 없게 해달라고 두 손을 모으면서 한 식경(약 30분) 동안이나 신에게 간절한 기도를 올리는 모습을 바라봅니다. 시인의 마음은 순간 북받쳐서 벅차오릅니다. 가족의 안위를 절실하게 갈구하는 시인의 애틋한 마음이 마음 속 깊이 와 닿습니다.

간고등어 이야기

신필영

이틀과 이레 서는 안동 장날 어물전은
끌어올린 생업의 바다 조여드는 그물 벗고
왕소금 하얗게 물며 간고등어 환생한다.

품어야 할 가슴 없어 부드럽게 눕는 슬픔
전생의 파도소리 등빛으로 짊어지고
서로가 서로의 짝이 되어 사바의 길 나선다.

가난 어린 저녁 밥상 도란도란 웃음이거나
어느 아비 신위 앞에 한 접시 눈물이기 위해
함거檻車에 실린 선비처럼 수척하다 너의 눈빛.

대갓집 손님처럼 대접받은 간고등어

구한말 장사치들은 안동과 가장 가까운 바다인 영덕 강구항에서 안동 '챗거리 장터'까지 고등어를 등짐에 지고 200리의 길을 걸어서 운반하는데 이틀 정도의 시간이 걸렸다고 합니다. 허나 유난히 비린내가 많이 나고 쉽게 부패하는 생선인 고등어를 가지고 오는 방법은 쉽지 않았습니다. 그래서 고등어가 상하지 않도록 염장을 하였던 것을 옛 방법 그대로 재현해 만든 것이 안동 간고등어의 유래로, '간고디'라고 합니다.

시인은 사람에 의해 배가 갈리고 벌건 속살에 소금이 뿌려지는 '염장 지르기'를 당하고도 태연히 '간고등어'라는 이름으로 서민 밥상에 오르는 것에 대해 "전생의 파도소리 등빛으로 짊어지고/ 서로가 서로의 짝이 되어 사바의 길 나선다"고 말합니다. 시인에게 있어 간고등어는 서민들의 가난어린 저녁 밥상에 올라 가족들이 도란도란 이야기를 나누게 하면서 웃음을 짓게 하고, "어느 아비 신위 앞에 한 접시 눈물이"기도 합니다. 시인은 이러한 쓰임새가 되는 간고등어를 함거에 갇혀 유배길을 가는 선비들의 수척한 눈빛이라고 표현합니다.

부안 염전에서

양점숙

품고 벼리면 눈물도 환한 꽃으로 이는
갯골의 전설들이 살 속으로 길을 내니
푹 골은 고무래를 밀던 등은 하얀 소금꽃

짜디짠 그 생계를 펴 올리던 무자위에서
숨을 곳 없는 맨발 너 하나의 그리움으로
해당화 한 등 올리는 물길 따라 가는 4월에

불은 손금에 매달린 목숨이라 속없으랴
발원의 물목에는 그림자도 목이 길어
몸 비운 아비의 바다 한 움큼 사리로 남고

사리처럼 빛나는 소금아비의 땀, 소금

소금밭(염전)을 가보신 적이 있습니까? 소금물을 미는 고무래로 소금을 모으는 소금아비의 실루엣이 염전에 반영된 하늘과 구름, 산 그림자가 어우러져 한 폭의 풍경화를 만들어냅니다. 그러나 소금아비(염부)의 삶은 녹녹치 않습니다. 검게 그을린 얼굴마다 깊게 팬 주름들이 험한 삶의 고단함을 말해줍니다. 그 고단함은 자연을 대하는 겸손함과 기다림이 어울려져 한 줄기 땀방울을 만들어내고, 그 땀방울이 한 줌의 소금을 만들어냅니다. 그래서 소금은 소금아비의 땀 한 되에 소금 한 줌이 난다는 말이 있습니다.

시인 또한 자연 안에서 온전히 몸을 던져 살아온 소금아비의 삶을 노래하고 있습니다. 소금은 햇빛과 바람의 결정체로, 소금아비들의 거친 숨결과 땀이 더해져 순백의 알갱이가 탄생하기 때문입니다. 20여 일 말린 물의 뼈, 소금 알갱이가 꽃처럼 피기 시작하면 염부들은 소금이 온다고 말합니다. 시인의 말처럼 "품고 벼리면 눈물도 환한 꽃"인 소금꽃으로 피어납니다. 죽음 후에 남기는 성스러운 사리 같은 소금을 거두는 늙은 소금아비의 땀이 소금밭에 반짝입니다. 세상의 소금이 되라는 말을 다시 한 번 생각하게 됩니다.

감잎

염창권

하늘 접시에 담겨진 감잎이 불타고 있다
가을 들판 한 채가 조용히 기울고 있다
적막한 마음의 길들 슬픔을 견디고 있다.

이슥한 햇살 틈으로만 걸어오는 그대여
가을은 한 올 한 올 바람을 쓸어 넘기네
무명無明의 등불을 걸어 그대 발길 비추네.

감잎은 떨어져서 지상에 놓인다
나무들은 따뜻한 가로등을 매달고 있어
처음인 저 몸짓을 보고
말을 건넨다
고요한 빛….

시는 사람 마음을 감잎처럼 물들인다

조용히 눈을 감고 가을 풍경을 떠올립니다. 눈부신 햇살 속에서 짙푸르다 못해 서서히 단풍이 들기 시작하는 감잎에 숨어 빨갛게 익어가는 햇감의 수줍은 얼굴이 선명하게 떠오릅니다. 가을이 깊어져 감잎에 물이 들기 시작하고, 감잎 사이에 몸을 숨긴 잘 익은 감들 사이로 눈부신 시월의 가을 햇살이 쏟아집니다. 들판도 모든 것 다 내어주고 허허로운 바람만 키우고 있습니다. 어느덧 시인의 마음도 적막해집니다. 이내 올 겨울을 예감하며 슬픔을 견디고 있는지도 모르겠습니다. 가을 하루해가 뉘엿뉘엿 앞산에 떨어질 때 들일을 나갔던 어머니가 총총 걸음으로 돌아오는 그 배경 뒤로 가을이 점점 깊어지고, 그 모든 것을 지켜본 시인의 마음은 심란해집니다. 어느 사이 감잎이 떨어지고, 앙상한 가지에는 감들이 주홍불을 켜고 있습니다.

시인은 이 시조를 통해 그 어떤 것도 처음으로 돌아간다는 철학적 사유를 보여줍니다. "고요한 빛"이라는 이 시구는 우주의 모든 것을 담아내고도 남습니다. 이처럼 시조는 화려한 수사보다는 가슴을 철렁하게 내려 앉게 만드는 촌철살인 같은 시어가 감동을 줍니다. 이 시조를 읽는 동안 우리의 정서도 감잎처럼 단풍이 듭니다. 시인의 내면에 일어난 감정에 다다를 수는 없지만, 수채화 같은 풍경 속에 녹아 있는 시인의 잔잔한 그리움이 우리 마음에까지 전달됩니다.

그리운 북바리

오승철

파장 무렵 오일장 같은 고향에 와 투표했네.
수백 년 팽나무 곁에 함께 늙은 마을회관
더러는 이승을 뜨듯 주섬주섬 돌아서네.

돌아서네, 주섬주섬 저 처연한 숨비소리
살짝 번진 치매낀가, 어느 해녀 숨비소리
방에서 자맥질하는 그 이마를 짚어보네.

작살로 쏜 북바리, 푸들락 도망친다고
팔순 어머닌 자꾸 허공을 겨냥하지만
결국은 민망해져서 피식 웃을 뿐이지만

어디로 떠났을까, 몽고반점 그 고기는
마지막 제의(祭儀)이듯 물질을 끝냈을 때
한 생애 맷국 같은 일, 초경처럼 치른 노을

시인을 만든 해녀 어머니의 삶

어머니에 대한 시인의 마음이 해초 냄새처럼 물씬 풍깁니다. 바쁘다는 핑계로 자주 들르지 못한, 어머니가 계신 그 고향에 투표를 하기 위해 들렀습니다. 그러나 고향은 옛날 같지 않고 오일장의 파장 무렵처럼 썰렁하기만 합니다. 여전히 "수백 년 팽나무 곁에 함께 늙은 마을회관" 이 자리하고 있지만, 고향은 어린 시절의 그 고향이 아니라 모든 것이 변해버린 낯선 고향입니다.

시인이 고향을 찾는 이유는 어머니 때문입니다. 평생 해녀 생활을 하신 어머니도 이제는 작살로 북바리를 잡아주던 어머니가 아니라 치매끼를 보이시는 늙고 병든 팔순의 어머니가 된 것입니다. 어머니를 바라보는 시인의 눈에 눈물이 글썽입니다. 바다가 아닌 "방에서 자맥질하는 그 이마를 짚"으며, 어머니와 많은 이야기를 나누면서 온갖 생각에 잠겼을 것입니다. 해녀인 어머니 삶에 대한 회한과 스쿠버다이버들의 부분별한 포획으로 사라져가는 고급 어종 북바리와 함께 해녀로서 평생의 삶을 산 어머니의 삶도 저물어가는 제주 현실을 이야기 합니다. 이제 시인의 고향 바다는 북바리도, 해녀도 다 떠나고 없는 것입니다. "어디로 떠났을까, 몽고반점 그 고기는/ 마지막 제의이듯 물질을 끝냈을 때/ 한 생애 땟국 같은 일"들이 아무 일도 없었다는 듯 노을만이 그 바다를 짙게 물들이고 있습니다.

석간을 들며—신문 통폐합을 보며

오영빈

잃어버린 체중은 어디에서 찾습니까
빠트린 이야기는 어느 날에 듣습니까
허허한 빈손을 접어 가슴 위에 얹는다

격한 합창 소리 여울 아래 가라앉고
물빛 고운 가을 하늘 높이높이 솟았거니
바라고 섰을 양이면 청산이나 우러르자

견고한 침묵들이 천리강산 뿌리 내려
쉼 없는 역사랑은 먼발치에 서게 하고
우리네 어진 슬기는 또 다른 침묵이다

말과 침묵의 무거움과 가벼움

민주화의 열기가 모든 것의 전면에 자리 잡은 시대, 정치에 관심 없던 사람도 정치를 피해 가기 어려운 시대, 마치 광고만큼이나 정치 뉴스가 우리의 눈과 귀로 밀려드는 시대, 40대 이상의 사람들은 그런 시대를 살아왔습니다. 정치가 모든 이의 재난이 된 시대, 뻔뻔함이 미덕이 된 사회, 대한민국의 황량한 내면 풍경을 엿볼 수 있는 시입니다.

1980년대 신군부 세력에 의해 조자룡의 헌 칼 휘두르듯 신문·방송 등 언론기관을 무더기로 통합하거나 없애버린 신문통폐합에 대해 입을 다문 우리들의 일그러진 영웅들에게 던지는 메시지로, "침묵은 자신을 신용할 수 없는 자에게 가장 안전한 재치다"라는 말을 다시금 떠올리게 합니다. 그러나 이제는 그 상처를 어떻게 치유하느냐가 문제입니다. 사람들은 그 상처로부터 치유되어져야 하며, 낡은 것으로부터 새로워져야 하고, 무지함으로부터 지혜로워져야 하며, 고통으로부터 구원받고 또 구원받아야 합니다.

침묵이란 때로 말보다 더 큰 힘을 발휘할 때가 있습니다. 그러나 어진 사람, 슬기 있는 사람은 평범한 사람과 구별되게 하는 것은 통찰력이 아니라 깨달은 대로 행동하고, 때론 다른 사람들이 침묵할 때도 당당히 말할 수 있는 용기입니다. 말과 침묵의 무거움과 가벼움을 가릴 줄 아는 것, 그것이 이 시대를 살아가는 정신적 깊이의 가늠자입니다.

천 개의 눈

오종문

울음 깬 그날부터 눈꺼풀 닫을 때까지
은밀한 경계선에 감시하는 저 시선들
일상의 그 모든 것은
프로그램 되어진다

그들은 왜 낯모르는 당신이 궁금할까
촘촘히 스크린 한 소름 돋는 미궁 세상
언제쯤 속내도 찍혀
다 배포될 것이다

두렵다 기억해선 안 되는 것 재생될 때
가면을 그때그때 상황 맞게 바꿔 쓰는
오늘 밤 빛나는 자해
내 두 눈은 정전停電이다

CCTV의 순기능과 역기능에 대한 고발

이 시조의 제목은 그리스 신화에 나오는 '아르고스 눈'에서 차용한 것입니다. 아르고스는 헤라의 명령을 받아 암소로 변신한 제우스의 내연녀 이오를 감시한 눈이 100개나 달린 거인입니다. 재빠르고 힘이 셀 뿐만 아니라 잠을 잘 때도 눈을 두 개 밖에 감지 않아 잠시도 그의 감시에서 벗어날 수 없습니다.

우리 주위에도 24시간 365일 사방에서 우리를 지켜보고 있는 수천수만 개의 눈, 바로 CCTV(폐쇄회로감시장치)가 있습니다. 사찰과 감시의 아슬아슬한 경계에서 순기능과 역기능의 논란이 있지만, 지금도 우리 주변에 일어나는 일상의 모든 것을 프로그램화하고 있습니다. 2000년대 후반부터는 단순한 '범죄·감시의 도구'라는 기능을 넘어 개개인의 은밀한 사생활까지 감시당하고, 도촬된 영상들이 불특정 다수인에게까지 무차별하게 배포되고 있습니다. 시인은 '보고 싶고 기억하고 싶은 것만 기억하는 것이 아니라, 보고 싶지 않은 것과 남들이 신경 쓰지 않는 모든 것까지 기억'하는, 더 나아가 마음속으로 생각하는 것까지 찍혀 불특정 다수에게 배포될 것이라는 우려에 대한 경각심을 높입니다. 바로 "내 두 눈은 정전이다"라고 말합니다. 시인 또한 자신의 눈을 자해해 두 눈을 멀게 해서라도 타인의 사생활에 관한 것을 듣지도 보지도 않겠다는 마음의 각오를 엿볼 수 있습니다.

한 마디

옥영숙

눈꺼풀이 떨리고 멀미나는 울렁증
가슴 그늘 깊은 곳
지진이 일어난다.

사랑해

가장 짧고도
완전한

거짓말

사랑이란 희생과 배려

사람의 복잡한 감정을 표현하고 있습니다. 시인은 "사랑해"라는 한 마디가 눈꺼풀이 떨릴 정도로 멀미나는 울렁증이라고 말합니다. 아니 "가슴 그늘 깊은 곳/ 지진이 일어"날 정도로 가슴을 뛰게 한다고 말합니다. 셰익스피어는 "사랑이란 연인의 눈동자에 반짝이는 불도 되고, 흩어지는 연인의 눈물에 넘치는 큰 바다도 된다. 그뿐만 아니라 아주 분별하기 어려운 광기, 숨구멍도 막히는 고집인가 하면, 또 생명을 기르는 달디 단 이슬"이다고 했습니다. 그런데 시인은 사랑한다는 말이 "가장 짧고도/ 완전한// 거짓말"이라고 말합니다. 무슨 이유에서 일까요?

이성 간의 만남 사이에서 생기는 사랑에는 믿음과 신뢰를 바탕으로 한 진실한 마음에서 비롯되어야 합니다. 상대에게 무엇을 얻기 위함이거나 또 다른 것을 바라는 것이 아니라 자기 희생으로 내 마음 속에 그 사람을 담기 위해 나를 비우는 것입니다. 유교사상이 깊이 젖은 우리나라 사람들은 사실 사랑하는 이에게 "사랑한다"는 말을 건네는 것에 대해 인색할 뿐 아니라 그 상대 또한 시인의 표현처럼 어색해 합니다. 그러나 미래의 사랑이란 있을 수 없습니다. 사랑은 오직 현재의 활동일 뿐입니다. 지금 사랑을 표현하지 않는 사람은 사랑을 갖고 있지 않은 사람입니다.

붉은 시간

우은숙

삶이 꽤
악착같이 들러붙을 때가 있다

절박한
시간만이 내게로 올 때가 있다

퇴근길
쪼그라든 해가 등 뒤에 걸린 그때

단 일 초도 똑같은 시간은 없다

시인이 말하는 붉은 시간은 "퇴근길/ 쪼그라든 해가 등 뒤에 걸린 그때", 즉 하루의 일과가 끝나는 시간입니다. 이 시간이 되면 모든 것이 항상 아쉽습니다. 그래서 "삶이 꽤/ 악착같이 들러붙을 때가 있다// 절박한/ 시간만이 내게로 올 때가 있다"고 말합니다. 계획했던 일을 다 마무리 못한 진한 아쉬움 때문입니다.

프랑스의 유명한 사상가이자 작가인 볼테르의 풍자소설 자디그에는 시간의 의미를 이렇게 말하고 있습니다. "이 세상에서 가장 긴 것도 시간이요 가장 짧은 것도 시간입니다. 즐거움을 찾는 사람에게 시간은 제일 빠르고, 기다리는 사람에게 시간만큼 느린 것도 없습니다. 또 시간은 얼마든지 작게 나눌 수도 있고 무한대로 늘릴 수도 있습니다. 당시에는 아무도 그 중요성을 알지 못하다가 지나고 나면 누구나 아쉬워하는 것 역시 시간이다"라고.

시간은 언제 어디서나 흐르지만, 누구에게나 똑같은 하루 24시간 주어지지만 우리가 사용하는 시간은 단 일 초도 똑같은 시간이 없습니다. 다만 그 시간을 어떻게 활용하느냐에 따라 사람의 인생은 달라집니다. 일촌광음불가경一寸光陰不可輕, 즉 단 한 시간도 가벼이 허비해서는 안 된다는 말처럼 매일 매일이 마지막 날, 마지막 시간이라고 생각하며 살아야 합니다. 지나간 시간은 결코 돌아오지 않습니다.

Gobi Desert

유재영

카페 VIN을 나서자

몰아치는 눈보라

누군가 감아주는 Gobi산産 목도리

천 년 전

모래바람 속

자줏빛 이별 같은!

사람에게서 하늘 냄새를 맡은 본 적이 있는가

산다는 것은 만남입니다. 마음 한 구석에 애틋한 그리움 밝혀놓고 이별 연습을 하는 일인지도 모릅니다. 아니 또다시 만남을 끝없이 기다리는 일입니다. 이 만남의 소중함도 헤어짐의 아쉬움도 우리의 힘으로 어찌할 수 없는 사랑으로, 가슴 한 자락에 추억을 심는 일인지도 모릅니다. 만남에는 사람들과의 만남, 서로의 메아리를 주고받는 친구와의 만남, 이성 간의 만남, 청초하게 피어있는 들꽃과 마주칠 수 있는 자연과의 만남처럼 항상 떨림과 그리움이 따라야 합니다. 그리움이 따르지 않는 만남은 이내 시들해지고, 일상적이고 공식적인 만남은 강렬한 환희가 사라집니다. 그 기다림이 때로는 기쁨과 고통을 주기에 아름다운 선물일 수도 있고, 가장 고통스런 형벌일 수도 있습니다. 그러나 아름다운 헤어짐 뒤에는 좋은 추억이 남습니다.

내 마음 속에 눈보라가 몰아치는 날, 그대를 위해 사랑으로 짠 목도리를 감아주는 애틋한 마음을 생각하면 마음까지 따뜻해집니다. 시인은 힘들 때 위안이 된 한 사람을 생각하며 "천 년 전// 모래바람 속"에서 사랑하는 사람을 위해 무사안녕을 기원하면서 고비산 목도리를 감아주며 "자줏빛 이별"을 했던 그 사람의 미음에 가 닿습니다. 몽골의 푸른 하늘처럼 사람이 맑아 보일 때, 푸른 초원을 닮은 그 사람에게서 하늘 냄새를 맡고 있습니다.

풍경

유지화

5병동 링거 물소리
끊어지고 이어지고

백발의 老母는 아들만 쳐다보고
반백의 아들은 천장만 바라보고

지금 막
3병동 신생아실
'축, 득남' 창밖은 봄 봄

세상에 영원한 것은 없다

이 시조는 종합병원의 각 병동에서 일어나는 사건을 시화한 것입니다. 그 중에서도 시인의 시선이 머무른 곳은 탄생과 죽음이 이뤄지는 병동입니다. 시인은 탄생과 죽음이라는 철학적인 물음을 「풍경」이란 제목으로, 무거운 주제의 내용을 가볍게 풀어내고 있습니다. 초장, 중장에서는 죽음을 앞둔 모자 간의 애틋한 감정을 표현하고, 종장에서는 "지금 막/ 3병동 신생아실/ '축, 득남' 창밖은 봄 봄"이라며 반전이 이뤄집니다. 그것도 만물이 소생하는 봄, 봄이라고 말합니다.

우리의 삶은 탄생에서 죽음에 이르는 수업과 같습니다. 그 수업을 통해서 사랑과 행복에 관한 단순한 진리들을 배웁니다. 오늘 우리가 불행한 이유는 이 단순한 진리들을 놓치고 있기 때문입니다. 이 세상에 태어난 모든 것들은 반드시 죽음에 이르는 것이 불멸의 진리입니다. 우리는 '어제'도 '내일'도 아닌 '오늘'을 살고 있을 뿐입니다. 오늘이 지나면 내일의 태양이 다시 떠오르듯, 또 하나의 세대가 이 세상에 태어납니다. 이처럼 인간은 탄생해서 사망에 이르기까지 주어진 한 세대를 살고 갈 뿐입니다.

눈물의 빛깔

유헌

속 깊은 그곳까지 내려가 본 적은 없지만
단물도 짠물도 생각을 쟁인 샘이란 걸
지천명 꼬리쯤에서 겨우 알아차렸네

바다가 하늘 담아 물빛을 바꿔가듯
생각의 결을 따라 흔들리는 눈물의 샘
어차피 비우고 나면
맹물만 남는 것을

바람에 흩어지고 햇살에 말라도 가고
흐르면서 달빛처럼 켜켜이 쌓여가도
눈물은 빛깔이 없어,
맘껏 또 울 수 있네

눈물을 색깔로 표현하면 어떤 색일까요?

사람은 누구나 눈물을 흘립니다. 그 눈물의 의미는 상황에 따라, 받아들이는 이의 감정에 따라 달라집니다. 가장 슬플 때 흐르는 눈물, 가장 기쁠 때 흐르는 눈물, 가장 행복할 때 흐르는 눈물 등 색깔로는 표현되지 않지만, 감정에 따라 흘리는 눈물의 색깔은 다릅니다. 이처럼 눈물은 색은 없지만, 그 눈물 속에 담겨진 감정의 색깔은 여러 가지의 의미를 부여합니다.

시인은 눈물 속에 들어가 본 적은 없지만 지천명(50세)에 이르러서야 "단물도 짠물도 생각을 잰인 샘이란" 눈물의 의미를 겨우 알았다고 고백합니다. "바다가 하늘 담아 물빛을 바꿔가듯" 사람의 눈물은 "생각의 결을 따라" 그 눈물의 맛이 다르다는 것을 안 것입니다. "바람에 흩어지고 햇살에 말라도 가고/ 흐르면서 달빛처럼 켜켜이 쌓여가도/ 눈물은 빛깔이 없어,/ 맘껏 또 울 수 있"다면서 눈물 흘릴 때를 알고, 그 눈물의 의미를 알았다고 말합니다. 마음으로부터 우는 투명한 눈물은 언제 흘려도, 어느 누구 앞에서 흘려도 부끄럽지 않아 마음껏 울 수 있는 것입니다. 여러분들의 눈물은 색깔로 표현하면 어떤 색입니까? 거짓의 눈물이 아닌 진실이 담긴 맑은 눈물은 사람의 마음을 움직입니다.

아직은 보리누름 아니 오고

윤금초

아서 아서, 꽃샘잎샘 지나 보리누름 아니 오고

저녁 에울 고구마를 옹솥에 안쳐 두고 풋보리 풋바심을 찧고 말려 가루 내어 죽 쑤어 먹을 때까지 산나물 들나물 먹으나 굶으나 쉬지 않고 주전거려도 만날 입이 구쁘고, 발등어리가 천상 두꺼비 등짝 같고, 손도 여물 주걱마냥 컸던 아부지, 울 아부지. 참나무 마들가리 거칠어 보이는 손가락으로 올올이 애정이 무늬진 명주필 사려내고, 목비녀 삐딱하게 꽂힌 솔방울만한 낭자에선 물렛가락이 뽑아낸 무명실 토리가 희끗거리던 엄마, 울 엄마가 삶아 낸

밀개떡, 그날 그 밀개떡이 달처럼만 오달졌지.

보릿고개가 태산보다 높다

보리가 파래지기 시작하는 봄이 되면 뒤주의 곡식은 바닥을 드러내 먹을 것이 없던 때를 보릿고개라 불렀습니다. 가난을 지게에 메고 고단한 삶의 마루를 넘던 시절로, 보리가 누렇게 익는 철인 보리누름이 되기까지는 배를 쫄쫄 굶았습니다. 살기 위해서 파릇파릇 돋는 보리를 한 소쿠리 뜯어다 죽에 넣어 함께 끓이고 나물을 만들어 배를 채웠습니다. 다음 해 보리가 날 때까지 견디기가 얼마나 힘들었으면 "보릿고개가 태산보다 높다"고 했을까요. 보리누름이 되면 앉은뱅이도 일어서고 곱사등이도 펴진다고 했을까요. 보릿고개에는 허기를 달래기 위해 구할 수 있는 모든 곡물가루에 나물과 반죽해서 찐 개떡을 많이 먹었습니다. 그 개떡에는 보리개떡, 쑥개떡, 밀개떡 등 만드는 재료에 따라 그 종류도 다양합니다. 그 중 보리개떡을 제일 많이 먹었습니다.

시인은 구수한 전라도 사투리를 통해 맛도 없이 그저 살기 위한 목적으로 먹었던 음식인 개떡을 통해 힘들게 살았던 우리 아버지 어머니들의 힘든 삶을 그리고 있습니다. 그 시대 양식이 없어 자식들을 굶기지 않기 위해 만들어 주었던 개떡, 입안이 꺼끌꺼끌해 먹기 힘든 보리개떡보다는 부드러워 먹기가 편한 밀개떡이 오달지다고 말하는 부분에서는 어린 마음의 동심이 한껏 묻어납니다.

주전계곡

윤채영

주전계곡 확 분질러 질러 놓은 단풍불

불 끄러 왔다가

온몸 활활 타 붙어서

용소에 뛰어들어도 잦아들지 않는 그대.

마음의 평화 원한다면 자신의 삶을 살아라

주전계곡은 남설악의 큰 골 가운데 가장 수려한 계곡으로, 가을 단풍과 함께 곳곳에 기암괴석과 폭포가 이어져 풍광이 빼어난 곳입니다. 시인은 마음의 평화를 얻기 위해 이곳을 찾았습니다. 그런데 계곡의 단풍들이 시인의 불난 가슴에 더하여 단풍불까지 질러버렸습니다. "온몸 활활 타 붙"는 단풍불을 어찌 할 수 없어서 그만 "용소에 뛰어"들었지만, 눈에 든 그 단풍은 잦아들지 않습니다. 시인의 가슴에까지 단풍불이 옮겨 붙은 것입니다. 어찌해야 합니까. 그냥 '아흐'하고 죽어도 좋으니 그 순간을 즐기고 싶어집니다. 내가 어디에 서 있는지 돌아볼 틈도 없이 바쁘게 살아가는 세상이지만, 이럴 때일수록 좋은 풍경을 마음에 그려보는 평화의 시간이 필요합니다. 마음의 평화를 원한다면 적을 만들지 말고 모든 이들을 사랑으로 대하라고 했습니다. 자신이 하고 있는 그 무엇이 즐거운 시간이 되게 해야 합니다. 그 푸르른 신록의 교만함도 때가 되면 가을 단풍에게 자리를 평화롭게 내줍니다. 미련 없이 겸손하게 양보합니다. 시간은 절대 기다려 주지도 않고, 그렇다고 빨리 도망가지도 않지만 자연의 순리는 이처럼 질서정연합니다. 모든 것을 용서하고 마음의 평화를 삶 속으로 끌어들이는 순간, 세상을 상대로 한 싸움은 끝을 보게 될 것이며, 타자他者의 삶이 아닌 나의 삶이 시작될 것입니다.

꽃인 줄도 모르고

윤현자

꽃이 꽃이었을 때는
꽃인 줄도 모르고

홀씨
훌
훌
죄다
천지간에 흩날리고

아! 나도
꽃이었구나
그랬구나 개망초

풋 비린 생각으로
온 들판을 흔들다
다시는 오지 못할 푸른 밤을 비척대다
어쩌랴
스무 살 아픈
꽃, 꽃인 줄도 모르고

사람은 세상에서 가장 귀한 꽃

시인은 "꽃이 꽃이었을 때는/ 꽃인 줄도 모르"다가 "아! 나도/ 꽃이었구나/ 그랬구나"라며 자신이 꽃이었음을 알았다고 말합니다. 그렇습니다. 우리는 "나는 왜 이럴까?" "나는 왜 못하는 게 많을까" 등 자신이 소중한 존재임을 모르고 살아가는 경우가 많습니다. 그러나 우리는 이 세상에 태어날 때부터 인격을 갖춘 소중한 사람입니다. 자신이 아름다운 인간임을 알기 위해서는 자신을 사랑해야 합니다. 왜 자신을 사랑해야 할까요? 자신을 사랑할 줄 아는 사람은 남도 진정으로 사랑할 수 있기 때문입니다. 나를 사랑하는 것은 현실의 나를 인정하고 받아들이는 것입니다. 설령 조금 부족하더라도 지금의 내가 괜찮습니다. 그대로의 자기를 긍정적으로 보는 것이 자기 사랑의 시작입니다. 내가 대단한 점, 지금까지 노력해왔던 것, 이것을 가장 잘 이해하는 사람은 자기 자신뿐입니다. 때문에 세상에서 가장 크게 칭찬해 줄 수 있는 사람 또한 자신입니다. 자신을 알고, 자신을 다스릴 줄 알며, 늘 에너지 넘치는 긍정적인 생각을 갖게 되면 점점 더 긍정적인 에너지를 가진 사람으로 발전할 수 있습니다.

연리지

이교상

그대의 손 살포시 내가 잡고 있지만
결국, 그대에게 오늘 나는 잡힌 것이네
아니다, 그대와 내가 비로소
한 몸이 된 것이네

살면서 우리가 미처 알지 못했던 것
하나씩 깨달으며 가는 이 길 위에서
은은한 미소 속에 잠겨 있는
내 모습을 바라보네.

향기 나는 부부는 서로 닮아간다

연리지란 뿌리가 다른 나뭇가지와 서로 엉켜 마치 한 나무처럼 자라는 현상으로, 남녀의 사이나 부부애가 진한 것을 비유합니다. 예전에는 효성이 지극한 부모와 자식을 비유하기도 했습니다. 날개가 한 쪽 뿐이어서 암컷과 수컷의 날개가 결합되어야만 날 수 있다는 새인 비익조와 같은 뜻으로 사용되고 있습니다. 이 말은 당나라 현종과 양귀비의 맹세로 "하늘에 있어서는 원컨대 비익조가 되고, 땅에서는 원컨대 연리지가 되기를(在天願作比翼鳥 在地願鳥連理枝)" 원한다고 노래한 백거이의 「장한가」에서 비롯된 말입니다.

시인은 첫수에서 연리지를 노래하고 있습니다. 요즘말로 썸 타는 장면을 표현하고 있습니다만, 결국에는 하나가 된다는 것을 은유하고 있습니다. 그리고 둘째 수에서는 연리지를 보고 느끼는 시인의 마음을 그려내고 있습니다.

그렇습니다. 시인은 부부로 산다는 것은 기댈 수 있는 어깨가 되어주는 배려가 필요하고, 아픔을 고백하고 나누는 것이며, 서로의 부족한 점을 채워주는 것이라고 말합니다. 한쪽과 한쪽의 만남인 둘이 아니라 반쪽과 반쪽의 만남인 향기 나는 하나입니다.

주름지폐

이남순

열무 고추 호박 가지 풋내음 물씬 나는
때 절은 앞 전대에 꾸깃꾸깃 하루 장사
어둑한 시장모퉁이
웅크린 채 세고 있다

배춧잎 서너 장에 시래기도 열댓 장
찢어진 놈 풀 바르고 구겨진 놈 주름 펴서
장판 밑 정히 모시고
금줄 치신 울 어머니

불 꺼진 병실에서 그 때인 듯 세고 있다
아무리 세어 봐도 주름 펼 날 없는 세월
몇 장場을 더 건너가야
웃음 한 잎 손에 쥘까

부모님의 주름은 자랑스러운 훈장

옛날 농촌에서 돈을 만드는 수단은 일 년 농사를 지은 보리나 쌀을 수매하고 받은 돈이 전부였습니다. 이 돈은 농약이나 비료 대금, 품삯 그리고 자녀들의 학비 등에 사용하고 나면 생활비가 부족했습니다. 그래서 우리 어머니들은 생활비에 보태기 위해 돈이 될 만한 콩이나 팥, 찹쌀 등의 밭작물이나 채소 등을 오일장에 이고 나가 돈으로 바꿨습니다. 지금도 할머니들이 지하철역 입구나 아파트 입구, 재래시장의 한 구석에서 좌판을 벌리고 손수 농사 지은 배추나 열무, 고추, 호박, 가지 등의 채소 등을 팔고 있는 광경을 볼 수 있습니다. 시인의 유년시절 시골에는 은행이 없던 때였습니다. 그래서 어머니들은 돈을 방안의 장판 밑이나 장롱 속에 숨겨두고 필요할 때 꺼내 쓰곤 했습니다.

시인의 어머니도 손수 농사 지은 채소를 재래시장에서 내다 팔았습니다. 해가 서산에 기울어 장이 파시가 될 무렵 하루 종일 판 돈을 세고, "찢어진 놈 풀 바르고 구겨진 놈 주름 펴서" 장판 밑에 정히 모셨다고 추억합니다. 그런데 젊은 시절의 그 어머니는 지금 "불 꺼진 병실에서" 자녀들이나 손주들이 준 용돈을 세고 있습니다. 시인은 그 순간 이마에 깊게 팬 어머니의 주름을 발견하고, "아무리 세어 봐도 주름 펼 날 없는 세월"이라며 눈물을 글썽입니다. 그 주름은 삶을 온몸으로 살아온 우리 어머니들의 자랑스러운 훈장입니다.

북행열차를 타고

이달균

사리원 강계 지나며 빗금의 눈을 맞는다
북풍의 방풍림은 은빛 자작나무
퇴화된 야성을 찾아 내 오늘 북간도 간다

북풍에 뼈를 말리던 북해의 사람들
결빙의 청진 해안을 박제되어 서성이고
고래도 상처의 포경선도 전설이 되어 떠돌 뿐

다시 나는 가자 지친 북행열차
어딘가 멈춰 설 내 여정의 종착지는
무용총 쌍영총 속의 그 초원과 준마들

갈기 세워 달려가던 고구려여 발해여
수렵의 광기와 야성의 백호를 찾아
꽝꽝 언 두만강 너머 내 오늘 북간도 간다

역사란 현재와 과거의 끊임없는 대화

잃어버린 고토 회복의 원대한 꿈과 결기를 엿볼 수 있는 시조입니다. 시인은 북행열차를 타고 "무용총 쌍영총 속의 그 초원과 준마들"이 갈기 세워 달려가던 고구려와 발해 땅을 누비던 선조들의 "수렵의 광기와 야성의 백호를 찾아/ 꽝꽝 언 두만강 너머" 북간도를 간다고 말합니다.

우리는 지금 해마다 되풀이 되는 일본의 역사 교과서 왜곡, 중국의 고구려 발해사 왜곡 문제에 대해서 목소리만 높였지 아무런 해결책도 내놓지 못하고 있습니다. 아니 우리 사회는 그에 대한 어떤 합의점이나 방향도 옳게 잡지 못하고 있습니다. 일본은 독도를 자국 영토라며 교과서에 기술했고, 중국은 동북공정 아래 고구려 발해 역사를 소수민족의 역사로 절하시켜 자기네 역사로 편입시키고 있습니다.

역사를 왜 기록하고, 왜 유지하는 것일까요. 역사를 통해서 현실을 올바르게 파악하고 현재의 자기 위치를 확인하면서 내가 어떤 방향으로 나아가고 있는지 방향을 잡을 수 있기 때문입니다. 또한 우리의 정체성을 확보하는 것과 함께 한민족의 위상과 세계사적 좌표를 정확히 읽을 때 미래를 예측할 수 있기 때문입니다.

어머니佛·4

이문형

바람이 돌이 되고

돌이 별이 되는 계곡

은하수 내려앉은

운주사 천불천탑

세상이

꿈을 지고 와

부려놓고 갔구나

와불이 일어나는 날 새로운 세상이 온다

도선국사가 창건한 운주사 대웅전 오른편 산등성이에는 거대한 불상 두 기가 나란히 누워 있습니다. 실제로는 와불이 아니라 미처 일으켜 세우지 못한 부처들입니다. 도선국사가 천불 천탑을 세운 후 와불을 마지막으로 일으켜 세우려고 하였으나 새벽닭이 울어 누워있는 형태로 두었다는 전설이 전해지고 있습니다.

이 '못난' 불상들을 바라보면 무언가를 열망하는 듯한 표정을 읽을 수 있습니다. 단 위에 앉아 예배를 받는 부처의 모습이라기보다는 낮은 땅에 엎드려 간절히 구원을 바라는 중생의 모습입니다. 그래서 시인은 모든 중생을 품에 안는 어머니 부처라고 말합니다. 비록 아무것도 내세울 것 없는 어머니이지만 자식을 위해 모든 것을 내주는 마음을 생각한 것입니다. 시인은 이 무표정의 어머니 같은 부처들을 보면서 골짜기를 가득 채우는 웅얼거림을 들었을 것입니다. 별이 나면 별을 쬐고, 비나 눈이 오면 비와 눈을 맞으며 여러 백 년을 지낸 그 긴 묵시와 끈질긴 기다림, 그치지 않은 기원은 오랜 세월의 별과 비바람에도 결코 풍화되지 않고 '이들이 일어나는 날 새로운 세상이 온다'는 후대의 설화를 근거로 "세상이// 꿈을 지고 와// 부려놓고 갔"다고 말합니다. 불심이 가득한 시인의 마음을 읽을 수 있습니다.

바람의 족적足跡—내가 나에게

이상범

눈으로 볼 수 없는 바람의 발 밟고 간 자국

구불구불 리을자로 기억하는 지나온 외길

그 맑은 바람이 빗질하는 자연의 손 초록 말.

아주 오래도록 들에 핀 얘기 걸러 내고

남모르게 귀 밝힌 마음 소슬한 오솔길을

누웠다 일어서는 속엣 말 세상 적신 풀빛 음성

풀밭은 모질고 끈질기게 늘 부활하는 꿈

스스로 씻어내고 닦아내어 정결하다

바람을 맞는 풀밭은 목 메이는 파란 지평

세상을 적신 노 시인의 풀빛 속엣말

문학 작품에 가장 두드러지게 표현되는 시어가 바람입니다. 이 바람은 공기의 이동인 바람이 아니라 "나를 키워준 팔할은 바람이었"(서정주)고, "이제 바람이란 나에게 이데올로기"(고은)가 되었으며, "바람이 분다. 이제 살아야겠다"(폴 발레리)며 강한 삶의 의지를 표현한 바람입니다. 시인에게는 삶의 행로에 대한 족적이요 흔적으로, 삶을 대변하는 시요 스스로를 위로하는 시로 가슴이 먹먹합니다. 비록 살아온 삶을 눈으로는 볼 수 없지만 "구불구불 리을 자로 기억하는" 외길을 걸어온 인생으로, 세상의 풀밭에서 "맑은 바람이 빗질하는 자연의 손 초록 말"을 듣습니다. 살아온 동안 가장 가슴 아팠던 말, 남에게 상처주었던 말, 가장 행복했던 순간이나 슬펐던 일들을 하나씩 정리하며 "귀 밝힌 마음 소슬한 오솔길"을 걸으면서 용서하고 화해하며 성찰합니다. 풀들이 쓰러졌다 다시 일어서는 것을 보면서 "세상 적신 풀빛 음성"을 듣습니다. 한때는 그 어떤 상황이나 현실에서도 굴복하거나 좌절하지 않는 부활을 꿈꾸기도 했지만, 지금에 와 돌아보니 모든 것이 부질없는 것입니다. 꿈도 욕망도 죽음까지도 "스스로 씻어내고 닦아내어" 정결해진 것입니다. 그런데 무엇이 마음의 짐으로 남아 가슴팍의 돌멩이로 박혀 있을까요. 시인이 서 있는 풀밭, 파릇파릇한 풀잎들이 바람을 맞는 끝없는 지평을 바라보고 싶습니다.

압구정역 4번 출구

이소영

"엄마랑 똑 닮은 게 자연산이 맞구나!"

"자연산이 뭐야?"
호기심이 지나간다

걔네가 성형한 거기
카피가 지나간다

진정한 아름다움이란?

엄마와 딸의 대화를 통해 성형 미인을 꿈꾸는 이 시대를 풍자하고 있습니다. 성형외과가 즐비한 압구정동 거리를 걷는 모든 사람들이 자연 미인이 아닌 모두 성형미인 듯한 착각을 불러일으키고 있습니다.

인간은 끊임없이 아름다움을 추구하면서 살아가지만, 사람마다 아름다움을 느끼는 가치도 다르고 시대에 따라 미의 기준도 변하고 있습니다. 모두 제 눈의 안경을 쓰고 살기 때문입니다. 아름다움이 중요한 이유는 무엇이고 예찬하는 이유는 무엇일까요? 태어날 때부터 아름다움을 타고 난 사람도 있지만 그렇지 않은 사람도 많습니다. 아니 아름다움 때문에 불공평한 대접을 받기도 합니다. 우리가 감탄하는 아름다움이 사회 정의와 질서를 훼손하고, 이성理性을 욕보이는 근본적인 원인이라는 사실은 역설적이기도 합니다. 아름다움이 반드시 세상을 아름답게 만들어주는 것은 아닙니다. 아름다움이 우리를 속이기도 하고, 우리 스스로 아름다움에 속아 넘어가고 싶기도 합니다. "아름다움이란 무엇인가"라는 질문에 정답은 없습니다. 각자가 생각하는 자신만의 답이 있거나 혹은 그 답을 찾아나가는 과정만이 존재할 뿐입니다. 그러나 모든 시대와 문화를 아우르는 보편적인 아름다움의 공통점이 있습니다. 우리 가치관의 핵심을 차지하고 있는 진선미의 본성입니다.

오래된 만년필

이송희

닫혀버린 말문은 열리지 않았다.

뜨거운 심장 속에서

타오르던 언어들

헤식은 사랑 하나에

조용히 갇힌다

편지, 만년필이 그리워지는 날

편지지 위에 부드럽게 흘러가던 만년필의 감촉 그리고 진하게 묻어나던 잉크 향기, 띄어쓰기를 철저히 지켜가면서 썼던 원고지, 또박또박 정성들여 한 자씩 한 자식 하얀 종이 위에 써내려갔던 연애편지의 달콤한 추억이 있습니다. 이처럼 시간을 순행하며 삶의 여정을 밟아가는 이들에게, 예외 없이 추억이란 지나온 시간에 대한 덤처럼 주어지는 선물입니다. 그런데 지금은 컴퓨터와 스마트폰에 묻혀 펜글씨나 만년필의 손맛을 느끼기 어려운 디지털 시대를 살고 있습니다.이제는 아련한 향수의 먼 추억이 되고 있어 때로는 그립고 아쉽습니다.

필자가 10대였던 때는 침 발라 쓰던 연필을 거쳐 펜촉에다 잉크를 찍어 글씨를 썼습니다. 그러다 보니 책과 노트에는 늘 잉크를 엎지른 흔적이 남았고, 펜촉으로 쓴 글씨는 아주 선명해 글씨를 연습하기엔 최적의 필기구였습니다. 그 이후에 볼펜이 나왔지만 고급스런 케이스에 반짝반짝 빛을 내는 만년필은 누구나 받고 싶어 하는 선물의 대명사였습니다. 종이에 잉크가 퍼지면서 쓰여진 글자는 마치 밑그림과 같습니다. 무에서 유로 가는 긴장 상태, 아무것도 없는 백지 위에 자신만의 글씨체가 만들어내는 분위기를 즐기면서 글을 쓰던 아쉬움과 설렘이 교차하는 시간입니다. 만년필에 대한 여러분들의 마음엔 어떤 추억이 남아 있습니까?

폭포

이숙경

찢겨진 상소문이 흩뿌려져 날리는 듯

지축 내리 누르는 천의 말발굽 소리

가슴을 짓누르는 밤 홍통 도져 치받칠 때

연한 속살에 이는 은밀한 모반의 기운

치솟는 자존의 정수리 더 이상 누를 길 없어

마침내 추상같은 격정 순교 당하는 저 벼랑

자연 대상물 폭포를 통해 읽는 삶의 자세

곧은 절벽에서 두려움도 없이 아래를 향해 떨어지는 물줄기 폭포를 보면 두려움과 함께 경외심을 느끼며 감탄사를 자아냅니다. 이 시조는 폭포라는 자연적 대상을 시로 승화시킨 작품으로 읽을 수도 있지만, 그 자연 이상의 의미를 함축하고 있습니다. 폭포를 정신적 대상으로 형상화하면서 일상적인 자연 사물에서 삶에 대한 태도를 이끌어냅니다. 쉴 사이 없이 떨어지는 폭포의 모습에서 "찢겨진 상소문이 흩뿌려져 날리는 듯"한 시각적 대상에서 "지축 내리누르는 천의 말발굽 소리"라는 청각적 대상으로 바꿈으로써 시적 긴장감을 극대화하고 있습니다.

그런데 시인은 왜 "연한 속살에 이는 은밀한 모반의 기운"이라고 했을까요? 그것은 시인이 지향하는 가치나 삶의 철학을 연상시켰기 때문일 것입니다. "치솟는 자존의 정수리 더 이상 누를 길 없어/ 마침내 추상같은 격정 순교 당하는 저 벼랑"에서 보는 것처럼, 그치지 않고 수직으로 떨어지는 폭포의 형상에서 현실과 타협하지 않는 삶의 태도를 발견한 것입니다.

서로에게

이숙례

산은 저 혼자 높고 강은 저 혼자 깊다가

낮은 곳으로 흐르는 강과 위로만 보는 산이

푸르게 손을 내밀어 지친 어깨를 기댄다

외발로 설 수 없는 긴 생의 젖은 눈빛

허물어 살과 뼈로 다시 세운 저물녘은

잘 물든 풍경 속으로 수평선이 걸린다.

동행은 서로를 배려하는 것

산은 홀로 높아지려 하고, 저 혼자 깊어지는 강은 낮은 곳으로만 흐르면서 그리움을 안고 살아갑니다. "외발로 설 수 없는 긴 생의 젖은 눈빛"이 말하는 것처럼, 산은 산의 생이 있고 강은 강의 생이 있습니다. 그렇지만 서로는 뗄레야 뗄 수 없는 관계, 서로에게 필요한 존재임을 확인하며 서로에게 손을 내밀어 어깨를 기댑니다.

산과 물의 관계는 따로 따로지만 어둠이 오면 눈에 보이는 상을 지우게 되면서 눈에 보이는 모든 풍경이 하나가 된다고 말합니다. 저물녘 노을이 수평선에 걸리는 때, 서로가 잘 어울려 풍경을 만들어 낸다고 말합니다.

사람 관계에서 서로에게 가장 중요한 것은 무엇일까요? 자신에게는 자신이 가야 할 길이 있고, 상대방에게는 상대방이 가야 할 길이 있습니다. 나하고 가는 길이 비록 다르다 할지라도 따뜻하게 지켜봐 주고 배려하는 것, 그것이 바로 당신이 할 일입니다. 동행한다는 것은 상대방과 나란히 서서 보조를 맞추어 앞으로 나아가는 것입니다. 산과 강이 서로 하나 되어 아름다운 풍경이 되기까지 머리만 허락하는 것이 아니라 애틋한 가슴까지 내어주는 일입니다. 이것을 발견하는 일이야말로 진정으로 가치 있는 삶입니다.

다중多重

이승은

기어코 장미꽃이 담장을 넘었겠다

너부죽이 엎드렸던 골목길이 소란하다

가시도 여무는가보다 눈치를 슬슬 본다

생각의 문고리는 꼭 잠가 두었는데

가슴에 난데없이 누가 창을 내고 있나

창밖을 넘보는 눈길, 찔려도 더듬는 손길

겸손한 사랑

시인은 장미꽃이 활짝 핀 골목길을 가면서 슬슬 생각의 가시를 꺼내 여러 가지 의미를 부여하고 있습니다. 울 안에 갇혀 있던 장미꽃도 담장 밖이 그립고, 그저 아무렇지 않던 골목길도 장미꽃이 담장을 넘자 소란스럽다고 말합니다. 우중충한 골목이 환한 꽃길로 변하는 순간입니다. 꽃과 골목의 사랑. 어쩌면 그 길을 지나면서 꼭꼭 감춰둔 자신의 속마음을 누구에게 들키고 싶어진 것은 아닐까요? 비록 가시에 찔려 덧나는 일일지라도 기꺼이 사랑의 길을 가는 시인의 모습이 얼비쳐옵니다.

상처 입는 것을 계산하지 않고 두려워하지 않기에 사랑입니다. 사랑은 그 어떤 것보다 강하고, 그 어떤 것과도 비교할 수 없는 놀라운 힘입니다. 그래서 사랑의 상처를 아는 사람만의 사랑하는 이의 상처를 보듬어 줄 수 있고 치유해주면서 자신의 삶을 변화시킵니다. 상처 속에 피는 꽃은 아름답고 향기가 짙습니다. 시인은 가시에 찔려도 더듬는다고 말합니다. 존재에 대한 나와의 약속을 믿기 때문입니다. 가시에 찔리지 않고 어찌 장미꽃을 꺾을 수 있을까요. 아니 상처 없이 사랑이 우리에게 올 수 있을까요. 우리는 나보다는 상대를 먼저 배려하는 겸손한 사랑을 가져야 합니다.

봄빛 밥상

이승현

우수쯤 오는 빗소리는 달래빛 소리 같다
그 파장 촉촉함에 환해지는 동강할미꽃
온 들녘 향긋한 밥상 받아 안는 시간이다

몇 차례 마실 오실 꽃샘추위 손님꺼정
서운치 않게 대접하려 분주한 새아씨 쑥
제 몫의 밭두렁만큼 연두 초록 수를 놓고

웃방에서 아랫방으로 겨우내 몸살 하시던
팔순이신 어머니도 냉잇국에 입맛 다시며
쪼로롱 구르는 물방울 봄 소리 품어 안는다.

부모님께 봄빛 밥상을 올리고 싶습니다

봄이 되면 사람들의 입맛이 없어집니다. 그때쯤 세상에는 온갖 봄나물들이 돋아나 깔깔한 우리들의 입맛을 살려냅니다. 이 시조도 봄의 대표적 식물인 냉이와 쑥을 통해 봄의 환희를 노래하고, 겨우내 추위에 움츠려 거동이 불편한 어머니도 봄의 기운에 활기를 되찾는 것 같습니다.

시 행간에 오가는 부모 자식 간의 속삭임이 들리는 것 같습니다. 부모를 생각하는 화자의 성효지심誠孝之心이 느껴집니다. 봄빛 밥상을 받는 화자의 어머니 마음이 쪼로롱 구르는 물방울 봄 소리 품어 안는 것 같습니다.

효란, 늙은 어른(老)을 받드는 자식(子)이라고 하는 효孝자의 문자 구성에서도 알 수 있듯이, 그 행위 주체는 자식입니다. 효의 사전적 의미는 '부모를 잘 섬김'으로 되어 있습니다. 즉 효도는 '부모를 잘 섬기는 자식의 도리'이며, 효심 또는 효성은 '효도하는 마음', 효행은 부모를 잘 섬기는 자식의 행위, 즉 '효도하는 행위'를 말합니다.

그렇습니다. 어버이는 어버이다운 행동을 하고, 자식은 자식의 도리를 다 할 때 우리 사회는 밝고 건전하게 발전할 수 있습니다.

설 수 있는 까닭

이옥진

멀대같은 대나무가 설 수 있는 까닭은
곧아서도 단단해서도 그건 절대 아니다
뿌리들 땅 속의 인연 놓지 않기 때문이다

알곡 여문 벼가 설 수 있는 까닭은
알차서도 결곡져서도 절대로 아니다
한 포기 함께 해온 어깨 서로 겯기 때문이다

하늘 아래 너와 내가 서 있을 수 있음은
힘, 능력 그 무엇 때문도 결코 아닐 것이다
때때로 서로 위해 흘린 눈물 그것 때문 아닐까

홀로 선다는 것은 산다는 것을 의미

홀로서기까지는 보이지 않는 것들의 배려가 필요하다고 시인은 역설합니다. 곧고 단단한 대나무가 설 수 있는 까닭은 땅 속에 깊이 뿌리내렸기 때문이고, 알곡 여문 벼가 설 수 있는 까닭은 낱낱의 벼가 한데 어우러져 포기를 이뤘기 때문이며, 우리가 세상에 설 수 있는 까닭은 힘이나 능력이 아닌 서로에 대해 흘린 눈물 때문이라고 말합니다.

인간이 홀로 선다는 것은 무엇을 의미할까요? 홀로 선다는 것은 자신의 의지로 산다는 것으로 독자적인 자립을 의미합니다. 홀로 선다는 것은 누구에게나 힘든 일이며 많은 시간과 노력, 고통이 따릅니다. 때로 어리석은 선택까지도 사랑해야 하며, 누군가가 무엇을 갈구한다 해도 결국은 자신이 짊어져야 하는 짐입니다. 누구를 피하거나 밀어내는 것이 아니라 함께 하면서 자신이 꼭 해야 하는 의무입니다.

가계부

이우걸

1
얼마가 있어도 잔액이란 불안한 현실
가족의 얼굴들이 겹쳐
보이는 숫자
그래서 비상금을 보면
비상구를 떠올린다.

2
오늘 우연히
너와 마주쳤다
이삿짐 속에 싸여 있는
아내의 옷 속에서
숨가쁜 생의 경영이
밀서처럼
기록된.

3
가지를 세워야 사는
사막의 선인장처럼
너는 이 악물고 우리를 지켜왔구나
척박한 땅이 껴안은
물기같은 숨결로.

가계부로 읽는 젊은 날의 초상

가계부는 가정의 돈의 흐름을 기록하는 장부입니다. 한 달 수입에 맞춰 지출 계획을 짜지만 예상치 못한 일에 돈이 사용할 때가 많습니다. 그래서 통장의 잔액을 확인하면 가족의 얼굴이 겹쳐 보인다고 말합니다. 온몸으로 삶을 살았던 젊은 날의 숨가쁜 삶의 경영을 증명해 주는, 허리띠를 졸라매며 절약한 흔적이 고스란히 남아있는 아내가 기록한 가계부를 우연히 발견한 시인은 "너는 이 악물고 우리를 지켜왔구나"라면서 아내에 대한 고마움과 오늘의 평안함에 감사하고 있습니다. 치열한 삶을 살아온 시인 부부의 삶이 아름답게 느껴집니다.

돈이란 무엇일까요? 중국 진나라 때의 작가인 노포는 "날개가 없어도 날 수 있고, 발이 없어도 달릴 수 있는 것이 돈이다"라고 했습니다. 세상을 살아가는데 가장 중요한 것이 돈이라고 말하는 것입니다. 자본주의 사회를 지배하는 것이 돈이지만, 우리는 돈의 노예가 아닌 돈의 주인이 되어 마음의 평화를 누려야 합니다. 돈은 우리가 필요에 따라 획득하고 얻어진, 정당하게 자신의 노동을 통해서 번 돈만이 살아있는 재산입니다. 그러나 마음의 부자는 많은 재산이 아니라 적은 것에도 만족하는 마음입니다. 돈의 의미와 가치 그리고 이것이 낳고 있는 돈의 경제학에 대해 한번쯤 생각해 볼 때입니다.

애월 바다

이정환

사랑을 아는 바다에 노을이 지고 있다

애월, 하고 부르면 명치끝이 저린 저녁

노을은 하고 싶은 말들 다 풀어놓고 있다

누군가에게 문득 긴 편지를 전하고 싶다

벼랑과 먼 파도와 수평선이 이끌고 온

그 말을 다 받아 담은 편지를 쓰고 싶다

애월은 달빛 가장자리, 사랑을 하는 바다

무장 서럽도록 뼈저린 이가 찾아와서

물결을 매만지는 일만 거듭하게 하고 있다

사랑을 아는 애월 바다

제주시 서쪽에 위치한 '涯月(애월)'은 단애가 많고 그 앞바다에 지는 달과 물가에 비친 달이 아름답다 해서 생긴 지명으로, 애월 바다는 그저 아름다움으로만 설명되지 않습니다. 뭉클하고 아릿한 정서를 동반하기도 하지만, 그 바다를 벗어날 수 없는 현실의 벽이고 싸움터이기도 합니다. 바다를 끼고 이어진 애월 해안도로를 타고 가다 만나는 제주의 석양, 잔잔한 바다 위로 노을이 붉게 물들 때면, 이 길에서는 걷는 이들이 곧 풍경이 됩니다. 그러나 제주의 바다는 제주 사람의 거친 삶을 지탱해 주는 생생한 삶의 현장이었고, 역사적으로도 풍요와 평화와는 거리가 먼 유배의 땅이었습니다. 그러나 시인은 "사랑을 아는 바다"라고 말합니다. 제주 사람 혹은 제주의 모든 것을 사랑으로 품은 바다로, "애월, 하고 부르면 명치끝이 저리"는 것입니다. 이럴 때면 "누군가에게 문득 긴 편지를 전하고 싶다"고 말합니다. "벼랑과 먼 파도와 수평선이 이끌고 온" "무장 서럽도록 뼈저린 이가" 물결만 매만지며 편지를 쓰고 싶은 내용은 무엇이었을까요?

봄날도 환한 봄날

이종문

봄날도 환한 봄날 자벌레 한 마리가 浩然亭 대청마루를 자질하며 건너간다

우주의 넓이가 문득, 궁금했던 모양이다

봄날도 환한 봄날 자벌레 한 마리가 浩然亭 대청마루를 자질하다 돌아온다

그런데, 왜 돌아오나

아마 다시 재나보다

시인의 관찰력과 상상력이 빚어 낸 시조

봄날도 환한 어느 봄날, 호연정을 찾은 시인은 대청마루를 자로 재는 것처럼 건너갔다 돌아오는 자벌레를 한참동안이나 관찰합니다. 그런데 왜 기어가지 않고 자로 재듯 건너간다고 표현했을까요? 넓은 우주의 크기가 얼마나 넓은지 너무 궁금해서입니다. 건넌다는 것은 한쪽에서 다른 쪽으로 옮아가는 것으로, 둘째 수 종장 "그런데, 왜 돌아오나// 아마 다시 재나보다"를 이끌어내기 위한 시적 장치입니다. 자벌레의 기어가는 모습을 보면서 우주를 거리를 잰다는 표현과 다시 돌아오는 자벌레를 통해 다시 우주의 거리를 잰다는 시인의 상상력이 가락에 얹혀 아름다운 시조로 빚어진 것입니다.

시조 쓰기의 출발은 내 안에 들어있는 무궁무진한 드넓은 생각과 촘촘히 박힌 큰 느낌을 밖으로 끄집어내서 표현하는 것에서 시작됩니다. 관찰력을 통한 사물이나 현상을 자신의 생각에 맞게 분석하고, 다시 재구성하는 능력을 키워 자기 나름의 관점에서 형상화 시켜야 합니다. 시인은 쉽게 지나쳐버릴 수도 있는 풍경 속에서 삶의 진실을 읽어내고, 발견한 것을 인간적인 체취를 엿볼 수 있게 만드는 시어로 표현해야 합니다. 이해할 수 없는 표현이나 어법으로 독자들을 혼란에 빠뜨리거나 자기 세계에 갇힌 시조는 공감할 수 없습니다. 시조는 무엇보다도 쉽게 이해되고 깊이가 있으며, 시인의 철학이 담겨야 합니다.

사랑 이미지 · 1—직선과 곡선

이지엽

직선의 힘으로
남자는 일어서고
곡선의 힘으로
여자는 휘어진다
직선과 곡선이 만나
면이 되고 집이 된다

직선은 길을 바꾸고
지도를 바꾸지만
곡선은 그 길 위에
물 뿌리고 꽃을 피운다
서로가 만나지 않으면
길은 길이 아니다

사랑을 시작했을 때 삶도 시작된다

사랑의 이미지는 초콜릿처럼 달콤 쌉싸래하고, 가을날 거리를 뒹구는 낙엽의 쓸쓸함이나 겨울의 삭풍처럼 아픈 이미지가 대부분입니다. 그러나 시인의 사랑 이미지는 직선과 곡선입니다. "꺾이거나 굽은 데가 없는 곧은 선"인 직선과 "모나지 아니하고 부드럽게 굽은 선"인 곡선의 사랑…. 어쩌면 서로 화합할 수 없는 관계이지만, 시인은 "직선과 곡선이 만나 면이 되고 집이" 되고, "서로가 만나지 않으면 길은 길이 아니다"라고 말합니다.

남자의 사랑은 곧고 강한 이미지로, 여자의 사랑은 모든 것을 수용할 수 있는 부드러운 이미지로 표현하고 있습니다. 강함은 항상 부러지고, 부드러움은 혼자 설 수 없습니다. 직선은 곡선을 만남으로써 유연해질 수 있고, 곡선은 직선의 힘을 빌려 곧게 설 수 있습니다. 이처럼 남녀의 사랑은 항상 불완전하기에 유리처럼 언제든지 깨질 수 있습니다. 그래서 부부로 산다는 것은 서로 기댈 수 있는 어깨가 되어주는 배려가 필요합니다. 아픔을 고백하고 나누면서 서로의 부족한 점을 채워주는 것입니다. 남편이 낸 길 위에 아내는 "물을 뿌리고 꽃을 피우는" 것입니다. 탈무드에서는 "부부가 진정으로 서로 사랑하고 있으면 칼날 폭 만큼의 침대에서도 잠잘 수 있지만, 서로 반목하기 시작하면 폭이 십 미터나 되는 넓은 침대로도 너무 좁아진다"고 했습니다. 인간이 사랑을 시작했을 때 비로소 삶이 시작됩니다.

따뜻한 혀

이태순

꿈을 꿨다,
풀 한 짐 지고 우두커니 서 있는

고요해서 슬펐다
풀 한 짐이 시들었다

천리 길 만리 떠나는 워낭소리 들렸다

핏물 밴 풀 뜯어먹다 배가 고파 울었다

붉은 흙을 뒤집어쓴
어미소가 걸어왔다

다 헐은 혓바닥으로 연신 핥아 주었다

팔순 농부와 마흔 살 소의 삶 이야기

2008년 다큐멘터리 영화 〈워낭소리〉(감독 이충렬)는 평범한 농부 최 노인과 40년을 함께 한 소 누렁이와의 잔잔한 일상을 담아내 관객의 마음을 울렸습니다. 귀가 잘 들리지 않는 최 노인이지만 워낭소리는 귀신같이 듣고, 불편한 다리로 소 먹일 풀을 베기 위해 매일 산을 오릅니다. 소 역시 너무 늙어 제대로 서지도 못하지만 최 노인이 고삐를 잡으면 무거운 나뭇짐도 마다 않고 나릅니다.

보통 15년을 사는 소가 40년 동안 최 노인의 길잡이가 되어준 건 기적이었을까요? 〈워낭소리〉는 아직 사라지지 않은, 잊혀지지 않은, 늙어 죽지 않은 소와 농부의 존재와 관계를 증거하면서 정신없이 살아가는 이 시대의 사람들에게 삶에 대한 물음과 성찰의 기회를 제공합니다.

최 노인은 누렁이를 떠나보낸 3일 후 세상을 떠났습니다. 어쩌면 이 시조처럼 그날 "꿈을 꿨다,/ 풀 한 짐 지고 우두커니 서 있는// 고요해서 슬펐다/ 풀 한 짐이 시들었다// 천리길 만리 떠나는 워낭소리"를 들었는지도 모릅니다. 이 시조를 읽는 이의 마음을 뭉클하게 만드는 가장 큰 이유이며, 우리가 잊고 살았던 것에 대한 깨달음이 깊은 감동으로 다가오기 때문입니다.

무릎의 계보

이태정

어머니 젖무덤을 더듬다 내려온 곳
그곳은 자궁보다 따뜻했던 무릎이었다
가만히 앉아 있으면 세상이 내 것이던 곳

그곳을 내려오면서 처음 깨진 곳
아파서 입김 불며 혼자 울던 곳
천천히 덧난 딱지 위로 아물어 가는 상처들

꿇리면 꿇릴수록 단단해지는 자존심
완전히 꿇어야만 온전히 펼 수 있는
직립의 시간을 위한 아름다운 구부림

무릎은 한 사람의 자존심이자 생명

무릎을 꿇는다는 건 자신을 낮추고 상대방을 높게 본다는 의미입니다. 그러나 그 상황이 어쨌느냐에 따라 사랑과 정, 굴욕, 항복, 복종, 사과, 고백 등 다양한 의미를 포함하고 있습니다. 시인은 이러한 의미를 가진 무릎을 통해 자신이 살아온 삶과 정신을 투사하고 있습니다.

어렸을 때의 어머니 무릎은 뱃속에 있을 때보다 따뜻한 무릎으로, 기쁠 때나 슬플 때나 감싸주던 세상이 다 내 것처럼 느꼈던 영원한 안식처의 무릎이었습니다. 그리고 자아가 생기면서 안락한 어머니의 품을 떠나 처음 무릎이 깨진 때 "아파서 입김 불며 혼자 울"면서 상처 입은 무릎을 끌어안은 채 어른이 되었다고 무릎의 계보를 구술하고 있습니다. 사회생활을 하면서 수만 번 무릎이 깨지는 아픔과 고통을 이겨내고, 때로는 본의 아니게 세상과 타협하며 꿇어야 했던 시인에게 무릎은, "꿇리면 꿇릴수록 단단해지는 자존심" 입니다. "완전히 꿇어야만 온전히 펼 수 있는" 혼자 서기 위한 "아름다운 구부림"인 것입니다. 시인은 지금 세상에, 시간에게 무릎 꿇는 구부러진 생애가 무릎으로 남을지언정 무릎걸음으로 남은 생을 건널 것입니다. 아름다운 무릎은 한 번의 상처로 얻은 것이 아니며, 한 사람의 자존심이자 생명이기 때문입니다.

잡초의 눈물

임성구

이 척박한 땅에서도 푸른 꿈 안 버린 널
호미로 낫으로 처내겠다는 마음 한켠
비릿한 풀물의 고함 천둥처럼 번진다

우후죽순 돋아난 날끼을 벼린 이 어둠
걷어내지 못하면서 감히 널 뽑겠다니
곁가지 피어올린 꽃도 미안해서 못 보겠다

씀바귀 엉겅퀴꽃 구둣발로 앉은 나비야!

발소리를 줄여라
안 온 듯이 다녀 가거라

햇살아
밤새 고인 천둥눈물
남김없이 먹고 가거라

이 세상에 잡초란 없다

잡초란 강한 생명력의 대명사이기도 하지만, 사전의 정의처럼 '가꾸지 않아도 저절로 나서 자라는 불필요한 식물들'입니다. 즉 인간이 재배하는 식물을 작물이라고 하고, 인간이 경작하지 않았는데도 저절로 자라 인간에게 불필요한 식물이 된 것을 잡초雜草라고 합니다. 그러나 엄밀한 의미에서 잡초는 없습니다. 벼논에 보리가 나면 잡초고 보리밭에 밀이 나면 또한 잡초입니다. 사람의 경우도 마찬가지입니다. 그렇지만 잡초도 제 이름을 가지고 있고, 각각의 쓰임새가 다 있습니다. 그래서 시인은 말합니다. 척박한 땅에서도 푸른 꿈을 버리지 않는 잡초를 보며 "호미로 낫으로 처내겠다는" 마음을 가진 것에 대해 반성이라도 하듯 "감히 널 뽑겠다니/ 곁가지 피어올린 꽃도 미안해서 못 보겠다"는 시인의 측은지심이 읽혀집니다.

세상에는 타고난 아름답고 훌륭한 자질을 제대로 펴지 못하고 잡초로 살아가는 사람들이 너무 많습니다. 자신이 서 있어야 할 곳을 제대로 찾지 못해 뽑혀지는 잡초처럼 눈물을 흘리는 삶이 너무나 많습니다. 나 자신이 보는 것만을 전부라고 할 수는 없습니다. 자기 기준의 오류를 범하지 않으려면 모든 생명이 이 세상에 존재해야 할 이유를 가지고 태어났음을 잊지 말아야 합니다.

나무들의 방

임영석

나무들의 방을 보면 과거가 다 보인다
앉아 있는 모습이나 서 있는 습관에서
어떻게 출발했는지 그 결심이 다 보인다

새 길을 만들어도 그 길이 곧 헌 길이고
한 걸음 올라가도 하늘 천장 발아래라
마음을 내딛는 일을 배우고 또 배운다

그대가 눈감아 준 따뜻한 그 기다림
천년을 깎아내린 벼랑이 돼 있어도
한 그루 나무로 서서 미륵처럼 살아간다

나무여 그대 방은 구석구석 벽이지만
그 벽이 사방팔방 막힘이 없는 것은
믿음을 마음에 두고 살아가기 때문이다

문이 닫힌 방은 방이 아니라 감옥

요즘 우리나라에는 방이 너무나 많습니다. 사랑방처럼 정보 공유 등 사회적 교류가 발생하는 공간 등의 방과 상업적인 방인 노래방, 놀이방, PC방, 찜질방, 비디오방 등 너무 많습니다. 이러한 방은 벽으로 둘러싸인 독립된 하나의 공간입니다. '사람이 거처하기 위해 집안에 만들어놓은 방'이라는 사전적 의미처럼 방은 사람이 살아야 합니다. 또한 방이란 한 사람의 가장 은밀하고 개인적인 공간입니다. 그러나 문이 닫혀 있다면 방이 아니라 감옥일 것입니다.

시인은 말합니다. "나무들의 방은 결국 제 몸을 스스로 가두는 미련함이지만, 그렇게 하지 않고는 천 년을 버틸 힘을 키우지 못한다는 게 내 결심이다. 나무가 크면 클수록 그 높이의 벼랑이 생기는 법이다. 스스로 외로움이나 그리움, 절망 같은 몸부림은 이겨내야 한다. 허공은 나무들에게는 믿음을 새기는 길이다"라고. 방은 사람을 심심하지 않게 해주고, 자존감을 새워주고, 무인도에 갇힌 것처럼 외롭게 할 수도 있고, 세상의 일부가 되어 관계를 주고받으며 즐겁게 살아갈 수 있게 해줍니다. 현대인들이 자아를 성찰하고 더욱 발전하기 위해 필요한 '방'은 무엇일까요? 일상이라는 방의 문을 열고 나가 새로운 것을 경험하고, 내 안에 잠재된 감각이나 관념을 불러일으키는 자신만의 방일 것입니다.

지 에이 피

임채성

지나치듯 슬몃 본다,
백화점 의류매장
명조체로 박음질한 GAP상표 하얀 옷을
누구는 '갑'이라 읽고
누군 또 '갭'이라 읽는,

사람과 사람 사이에도
갑이 있고 갭이 있다
아무런 잘못 없어도 고개 숙일 원죄 위에
쉽사리 좁힐 수 없는 틈새까지 덤으로 입는,

하루에도 몇 번이고 갑의 앞에 서야 한다
야윈 목 죄어 오는 넥타이를 풀어버리고
오늘은
지, 에이, 피를
나도 한번 입고 싶다

우리 모두가 '갑'이면서 '을'

세상이 갑을 관계 논란으로 뜨겁습니다. 권력의 우위에 있는 갑이 권리 관계에서 약자인 을에게 하는 부당 행위를 통칭하는 개념으로, 일을 주는 갑과 일을 받는 을 사이에는 피하려야 피할 수 없는 갈등이 있을 수밖에 없습니다. 일상생활에서도 마찬가지입니다.

시인은 영어 'GAP'를 두고 "누구는 '갑'이라 읽고/ 누군 또 '갭'이라 읽는"다고 말합니다. 의류의 유명 상표명이자 사람·의견 등을 가르는 격차를 의미하는 영어의 '갭gap'과 한자의 '갑甲'은 권력에 의한 상하관계를 의미합니다. 그래서 시인은 "사람과 사람 사이에도/ 갑이 있고 갭이 있다"면서, 갑도 을도 아닌 한 사람으로서 누구나 입고 싶어 하는 그 상표의 옷을 입고 싶다고 말합니다.

나 자신을 성찰하는 마음 공부가 우선입니다. 나를 먼저 돌아보는 사람이 많아질 때 세상은 좀 더 살만한 곳이 되어 있을 것입니다. 나 자신이 어디에선가 미성숙한 행동으로 사람들을 존중하지 않고 괴롭히지 않았는지 곰곰이 생각해 봐야 합니다. 자신을 낮추는 마음, 다른 사람을 돕는 자세, 나와 다름을 존중하는 긍정적인 마음을 가질 때 갑과 을이 아닌 수평적 관계로 함께 동행할 수 있습니다.

우화寓話

장수현

점심 때 소머리국밥 먹고
트림하면 소 울음소리 난다

—샐러리맨은 소의 후손이야
—넥타이는 신종 고삐지

거울 속
음매음매 울며
나를 쳐다보는 소 한 마리

콘크리트로 무장된 도시
더 이상 갈아엎을 수 없다

—발굽이 다 닳았군
—가죽도 헐거워졌어

나는 또
도살장에 끌려가듯
엘리베이터에 몸 싣는다

긍정적 생각, 열린 마음으로 세상을 봐라

샐러리맨들의 삶을 소에 비유해 우화 형식으로 풀어내고 있습니다. "샐러리맨은 소의 후손이야/ 넥타이는 신종 고삐지"라며, 하루종일 발굽이 다 닳고 가죽이 헐거워질 때까지 열심히 일해야 살 수 있는 직장인들의 고달픈 삶, 현실과 타협할 수밖에 없어 "또/ 도살장에 끌려가듯/ 엘리베이터에 몸 싣"는 직장인들의 비애를 느낍니다.

20대 때 느낀 미래에 대한 불안감을 떨쳐내고 어려운 취업문을 뚫었지만, 30~40대 직장인의 생활은 여전히 팍팍합니다. '책임감'으로 이름만 바뀐 채 삶을 옥죄는 까닭입니다. 부양할 가족이라도 생기면 책임감은 배가 되지만 행복한 삶을 위해 노력합니다. 비록 피로와 스트레스로 짜증날지라도 미래의 행복을 위해 현재의 상황을 좀 더 긍정적으로 바라보고, 열린 마음으로 일할 때 원하는 삶을 살 수 있습니다. 그래도 오늘보다 조금 더 나은 내일을 위하여 한 걸음 한 걸음 힘차게 내딛는 삶의 자세가 필요합니다. 그렇지만 제일 중요한 것은 진정으로 자기가 하고 싶은 일, 좋아하는 일과 관련된 직장을 찾아야 합니다. 희망과 미래를 준비하지 않는 사람은 오늘을 열심히 살지 못합니다. 항상 미래에 대한 꿈과 희망을 가지고 노력할 때 원하는 미래의 삶을 디자인할 수 있습니다.

가시

장영춘

일 년 전 엄지 끝에 가시 하나 박힌 채 산다
박혀서 따끔따끔 내 살 속을 꼬집는
하얗게 날을 세우며
제 세상을 꿈꾼다

시간의 나이테가 붉도록 자리를 튼
밑줄 친 일기장 생활의 반성문처럼
그 날의 찔린 가시가
화인처럼 찍혀있는

사는 게 어쩌면 가시 하나 삭히는 일
고집처럼 둥지 틀고서
제자리를 겉돌던
초년생 외과의사가
메스 질을 해댄다

사는 건 마음에 박힌 가시를 삭히는 일

인간은 누구나 가슴에 박혀 있는 몽돌처럼 아픔 하나씩은 갖고 삽니다. 그것은 평생 묵은 혹은 어제의 상처일 수도 있습니다. "일 년 전 엄지 끝에 가시 하나 박힌 채" 사는 화자의 아픔은 이미 곪은 것을 넘어 살이 섞어 문드러졌습니다. 아니 "따끔따끔 내 살 속을 꼬집는" 것을 넘어 뼛속까지 파고드는 고통 때문에 하얗게 밤을 새우기도 합니다. 그 가시는 인간으로부터 받은 상처이기에 가슴에 "화인처럼 찍혀" 지워지지 않고, "시간의 나이테가 붉"어지도록 시간이 흐르는 동안 마음을 다스리고 비워내기 위해 "밑줄 친 일기장 생활의 반성문처럼" 매일 확인하고 반성합니다. 그리고 마침내 시인은 단언합니다. 지금까지 상처를 씻어내지 못한 이유가 "고집처럼 둥지 틀"고 살았기 때문이며, 인간으로부터 찔린 가시는 빼내는 것이 아니라 마음속에 묻고 "삭히는 일"이라고 말합니다. 인간의 유한한 가치보다는 자연의 영원한 가치로 나아감이며, 자기 절제를 통한 자유만이 인간의 참된 삶의 가치라는 것을 깨닫습니다. 인간이 불행한 이유는 삶의 복잡성 때문이 아니라 그 밑바닥에 흐르는 단순한 진리들을 놓치고 있기 때문이며, 모든 일에 일희일비하지 말고 "초년생 외과의사가" 첫 환자에게 메스를 가하는 그 초심으로 돌아가 자중자애하면서 살라고 말합니다.

오랑캐꽃

장은수

먹감나무 그늘 아래 오도카니 세운 꽃대
땅에 붙은 잎자루에 산빛 어둠 담아 놓고
가녀린 긴 목을 돌려 고개 떨군 누이야

얼마나 사무치면 이름에도 흉이 질까
환향의 기쁨보다 화냥의 아픔만 남아
작은 키 더욱 낮추고 숨어 핀 풀꽃송이

몇 번의 봄을 지나 돌아와 앉은 자리
치마 걷던 바람소리 더는 들리지 않는
첫새벽 동살이 뜨면 이슬을 머금는다

속울음 길어 올린 자줏빛 싸한 통점
더러는 앉은뱅이 어깨 건 몸짓으로
바람 찬 세상을 향해 연잎 종을 치고 있다

오랑캐꽃에 얽힌 슬픈 역사

오랑캐꽃은 '제비꽃'이라고 불리는 야생의 꽃입니다. 제비꽃 피는 따뜻한 봄이 오면 북방의 오랑캐(여진족)가 국경을 넘어 쳐들어온다고 해 '오랑캐꽃'이라 부르게 되었으며, 혹자는 꽃 모양이 오랑캐의 뒷머리 모습과 닮았다고 해 이런 이름이 붙여졌다고도 합니다.

이 시조는 오랑캐꽃이라는 자연물을 소재로 하여 치욕적인 병자호란 때 수난을 겪은 여성들의 비극적인 삶을 그려내고 있습니다. 청나라에 끌려갔다가 다시 고향으로 돌아온 조선 여성을 환향녀還鄕女, 즉 '고향으로 돌아온 여자'라고 불렀습니다. 여자들 중 대부분 돌아올 수 없었으나, 많은 돈을 주고 돌아온 여자들도 환향녀로 불리면서 정절을 잃었다는 이유로 남편들로부터 공개적으로 이혼 청구를 받는 치욕을 감수해야만 했습니다. 이처럼 암울한 역사의 산물인 환향녀는 신분사회에서 더 이상 설자리가 없었던 것입니다. 시인은 이러한 역사적 사실을 근거로, 오랑캐와 조선과의 싸움이라는 역사적 사실을 객관적으로 표현함으로써 오랑캐꽃의 운명이 꼭 우리 역사의 운명과 유사함을 유추해냅니다. 오랑캐꽃의 설움이 곧 시적 화자의 설움인 것입니다.

과일나라

장지성

별 보고 밭에 나가 별 뜰 때 집에 온다
절후를 열고 닫는 봄 여름 가을 겨울
한 세월 마냥 짚어도 평정할 길 없구나.

간밤에 젖은 꿈들 기척에 놀라 깨는
여명에 실눈을 뜬 고요 속 과목들이
일제히 도열을 하며 얼차려를 하누나.

몇 겁을 더 돌아야 터득하는 생애인가
바람과 빛의 나라 천지간에 열어놓고
이 가을 점멸등으로 저리 불을 밝히는가.

자연을 통해 배우는 삶의 이치

인간을 현명한 존재나 어리석은 존재로 혹은 강인하거나 유약한 존재로, 또는 진취적인 성격이거나 숙명론적인 성격 등으로 묘사하는 따위는 불필요합니다. "별 보고 밭에 나가 별 뜰 때 집에" 돌아오는 힘든 노동 속에서도 "절후를 열고 닫는 봄 여름 가을 겨울"의 법칙을 몸에 익혔음에도 자연의 섭리만은 "평정할 길 없"다고 말합니다. 여명의 고요 속에 과목들이 눈을 뜨는 이치, 몇 겹을 더 돌아서도 결코 터득할 수 없는 자연의 섭리에 다가가기 위해 "바람과 빛의 나라 천지간에 열어놓고" 과수원의 사과가 온통 점멸등으로 불을 밝히듯 익어가는 이치를 온몸으로 깨단습니다. 시인은 감정을 이입시켜 은유한 과수원 밭에서 자신이 생산한 시조가 독자들에게 공감되어 마음으로 전달되기를 원합니다. 우리가 살아가면서 종종 느끼는 '모순된 성격', 어떤 행동이 현명하고 동시에 어리석을 수 있는지를 배재하고 자연에 순종하고 받아들여 환희를 느끼는 것만이 인간 삶의 최고 가치라고 말합니다. 인간을 욕망하게 만들고 위험으로 빠트리는 것으로 대변되는 자연 재해에 슬퍼하거나 고통스러워하지 않고 기쁨으로 받아들입니다. 하여 시인의 마음밭은 늦가을 사과밭처럼 만조를 이룬 바다가 됩니다.

쌀 한 톨의

전연희

쌀알 한 톨 콩알 낱낱 일일이 줍는 것은
네 지나온 아뜩한 길 마음에 걸려서다
가뭄에 땡볕에 타던 그 긴 날이 아파서다

살아온 길을 이어 한 숟갈 밥이 되라
즐거이 부서져서 한 방울 피가 되라
한 톨도 그냥일 수 없는 오 무거운 생이여

쌀 한 톨은 농부의 피눈물

60~70년대는 하루 한 끼 밥을 먹기가 힘든 세상이었습니다. 아니 하얀 쌀밥을 원없이 먹어보는 것이 소원인 때도 있었기에 농부의 자식으로 태어난 시인은 쌀 한 톨, 콩 한 알이 얼마나 소중한 것인가를 잘 압니다. 쌀 한 톨이 우리 입에 들어오기까지 농부가 피땀을 얼마나 많이 흘려야 하고, 얼마나 많은 노력과 정성을 쏟아야 하는지를 알기에 시인은 "쌀알 한 톨 콩알 낱낱 일일이 줍"습니다. 유년 시절 힘들게 살아온 기억이 때문이며, 한여름 가뭄과 땡볕에 곡식이 말라갈 때 발을 동동 구르던 그 긴 날이 아팠기 때문입니다. 그래서 시인은 쌀 한 톨에게 "한 숟갈 밥이 되라" 하고, "한 방울의 피가 되라"고 말합니다. 쌀 한 톨의 무게는 비록 2㎎밖에 안 되지만 시인에게는 사람 목숨의 무게만큼 크다고 말합니다.

당나라 시인 이신李紳은 「민농憫農」에서, "불볕 쬐는 정오에 곡식밭 김매는데, 곡식 포기 흙 속에 땀방울 떨어지네./ 밥그릇 속의 밥 귀함 명심하소. 쌀 한 톨 한 톨 모두 고통에서 나온 것이"라고 했습니다. '쌀 한 톨은 농부의 눈물'이라고 말하는 것입니다. 쌀은 백 가지 곡식 중 으뜸으로, 쌀 한 톨에는 우주와 생명의 기운이 담겨 있다고 말합니다. 쌀 미(米) 자에는 십(十) 자 아래 위에 팔(八)이 합쳐져 88번이라는 뜻이 담겨 있습니다. 농부의 손길이 88번 가야 쌀 한 톨이 생산된다는 의미입니다.

장작

정경화

그대에게 가는 길은
내 절반을 쪼개는 일
시퍼런 도끼날이
숲을 죄다 흔들어도
하얗게
드러난 살결은
흰 꽃처럼 부시다

그대 곁에 남는 길은
불씨 한 점 살리는 일
바람이 외줄을 타는
곡예 같은 춤사위에
외마디
비명을 감춘 채
아낌없이 사위어 간다

그대 안에 이르는 길은
기어이 재가 되는 일
화농으로 굳은 상처
달빛으로 닦다 보면
비로소
쌓이는 적멸,
솔씨 하나 묻는다

그대에게 가는 길, 그대 안에 이르는 길

사랑은 숭고합니다. 숭고한 사랑은 내 모든 것을 다 내주고도 아까워하거나 무엇을 바라지 않습니다. 시인의 마음도 그렇습니다. 자연적 대상물인 장작이 활활 타오르는 숭고한 사랑으로 치환되고 있습니다.

"그대에게 가는 길은/ 내 절반을 쪼개는 일"이고, "그대 곁에 남는 길은/ 불씨 한 점 살리는 일"이며, "그대 안에 이르는 길은/ 기어이 재가 되는 일"이라고 말합니다. "시퍼런 도끼날이/ 숲을 죄다 흔들어도" "바람이 외줄을 타는/ 곡예 같은 춤사위에"도 "화농으로 굳은 상처/ 달빛으로 닦"아 적멸에 솔씨 하나 묻는 그 사랑은 아무나 할 수 없습니다.

사랑이란 자기희생입니다. 내 마음 속에 그 사람을 담기 위해 나를 버리는 것입니다. 내가 있으면 그 사람이 들어 올 자리가 없기 때문입니다. 내가 손해를 보더라도 이유를 묻지 않고 아낌없이 내 가진 것 모두 주면서도 부족함이 없는지 계속 걱정하는 마음이 진정한 사랑입니다.

저무는 주남저수지

정도영

열여섯 가시내의 서늘한 가슴 한켠
뜻 모를 그리움에 목이 휘던 코스모스
저무는 주남저수지 뚝방길에 한창이다.

서편 하늘 경호강변 고향 하늘 푸르렀기
제자들 손을 끌어 지천명에 이른 오늘
저무는 주남저수지 코스모스는 열여섯.

가을 전령사, 코스모스의 추억

가을의 전령사 코스모스가 저무는 주남저수지 뚝방길을 수놓고 있습니다. 하양과 분홍, 자줏빛의 꽃들이 가는 허리를 바람에 내맡기며 하늘하늘 춤을 춥니다. 시인의 나이 열여섯이던 때 가슴을 서늘하게 했던 "뜻 모를 그리움에 목이 휘던 코스모스"를 추억합니다. 늘 분주하고 지친 삶의 허리끈을 잠시 풀어놓고 학창시절로 돌아가 열여섯 나이 또래의 제자들과 함께 코스모스가 핀 뚝방길을 찾은 것입니다. 조붓한 코스모스 길을 걸으면서 정담을 나누고, 머리에는 서로 코스모스를 꽂아주고, 추억을 마음에 담으며 지천명(50세)의 시인도 어느덧 열여섯 가시내가 됩니다.

시인은 귀갓길 뚝방길에 핀 코스모스에게 제자들 이름을 하나하나 붙여줍니다. 그 순간 꽃들은 제자들의 가슴에 색색의 꽃물을 들였을 것입니다. 꽃물 든 가슴으로 보는 세상은 가을 하늘처럼 높고 푸르며, 그 어떤 것도 이해하고 용서하면서 모든 것을 사랑할 것입니다. 내 안에 자리 잡은 욕심과 아집을 다 비워내고 겸손해질 것입니다. 가끔은 꽉 조여진 삶의 틀에서 벗어나 가족과 또는 친구와 손잡고 가까운 자연을 느껴보는 건 어떨까요? 마음속 찌든 때가 저절로 씻겨지고 정화되어 감성을 더욱 풍요롭게 해 줄 것입니다.

눈물로 낳은 알처럼

정수자

인적 끊긴 밤 갯벌을 만삭으로 기어가
기어이 땅을 파고 알을 낳는 바다거북
하나씩 낳을 때마다 눈물이 길게 흐른다
저토록 눈물 젖어 시를 쓴 적 없다고
슬며시 눈 붉히며 창가로 돌아서니
어둠 속 가로등이 또 알을 낳는 중이다
갓 낳은 보얀 알들 숨소리가 뜨거워서
치받는 말을 안고 뒤뚱대는 긴 저녁
한 생을 서늘히 울린 섧은 시가 그립다

뼈를 깎고 피를 말리는 창작의 고통

바다거북은 대부분 바다에서 생활하지만 알을 낳을 때가 되면 땅으로 올라옵니다. 모래를 파 구덩이를 만들고, 그 안에 한 번에 80개에서 150개 정도 알을 다른 동물들의 눈에 잘 띄지 않도록 밤에 낳습니다. 이때 바다거북은 눈물을 흘리는데, 사실은 몸에 쌓인 소금기를 눈물샘을 통해 밖으로 내보내는 자연 현상입니다. 그 모습이 우는 것처럼 보이는 것입니다. 이렇게 태어난 바다거북은 바다로 가는 도중에 바닷새 등에게 잡아먹히고, 바다에 진입한 새끼들 또한 물고기에게 잡아먹혀 8% 정도만 살아남습니다.

시인은 바다거북이 힘들게 알을 낳고, 알에서 깨어나 살아남는 일생을 두고 "저토록 눈물 젖어 시를 쓴 적 없다"면서 그러한 시조를 쓰고 싶다고 말합니다. "갓 낳은 보얀 알들 숨소리가 뜨거워" 시인의 마음은 쿵쾅거리고, 이내 가슴 깊은 곳을 "치받는 말을 안고" 긴 저녁 "한 생을 서늘히 울린 쉽은 시"를 쓰고 싶은 것입니다. 시인이 한 편의 시조를 생산하기 위해 뼈를 깎고 피를 말리는 고통을 바다거북이 산고를 겪으면서 알을 낳는 과정과 일치시킨 것입니다. 또한 알에서 깨 바다 생물계의 최상위 포식자로 거듭나는 길이 멀고도 험난한 것처럼, 시인이 생산한 모든 작품이 독자의 마음을 울리는 일 또한 어렵다면서 독자와 공감하는 작품을 쓰고 싶다는 강한 열망을 표현하고 있습니다.

도마

정용국

시퍼런 칼 다짐을

온몸으로 받아내고

기꺼이 다시 눕는 오롯한 가슴이여

벼린 날
안으로 품고
제석천帝釋天을 꿈꾼다.

당신은 누군가의 도마가 되어 준 적 있는가

인간의 삶은 인간관계 속에서 성립되고, 사람이 사람을 사랑하는 시작은 친애함에서 비롯됩니다. 그런데 세상이 각박해지고 삶의 무게가 너무 힘들고 버거워지면서 누군가에게 상처를 주거나 받기에, 오늘을 살아가는 사람들의 삶 속에 상처가 너무 많습니다. 세상에 상처 없는 사람은 없습니다. 고통 받는 이를 위하여, 깊은 슬픔에 빠진 이를 위하여, 세상을 아파하고 눈물 흘리는 이들을 위하여, 두견새가 울지 않는다고 때려 죽이거나 울도록 만들기보다는 울 때까지 기다리는 인내가 필요합니다. 시간이 흘러 풀이 희어지는 날이 올 때까지 인내해야 합니다. 인생의 꽃은 가장 오래 견딘 자에게서 핀다고 했습니다. 지금까지 그 누구에게 상처를 주는 칼이 되었다면, 이제부터라도 "가슴에 벼린" 말이나 행동을 안으로 품고 제석천왕을 꿈꾸는 도마의 마음이 되어야 합니다. "시퍼런 칼 다짐을// 온몸으로 받아내고// 기꺼이 다시 눕는 오롯한 가슴"이 되는 도마의 배려가 필요합니다. 남을 배려한다는 것만큼 아름다운 가치는 없습니다. 진실한 마음은 언젠가 상대의 마음에 가 닿습니다. 그 배려가 조용한 것일수록 닿았을 때 마음의 울림은 더 큽니다. 부끄럽지 않은 인간으로 기억되기를 바란다면, 아름다운 사람으로 기억되고 싶다면 그 누군가를 배려하는 도마가 되어 주는 건 어떨까요?

검劍

정해송

1
한 시대 협기 서린 수평선을 가늠하며
오랜 해를 담금질로 벼린 끝에 혼이 섰다.
서정을 엮은 달빛도 이 날 아랜 갈라진다.

2
머리맡에 걸어 두면 가을물 소리 높다.
굽은 목을 치려는 살의에 찬 저 눈빛
깊은 밤 칼을 뽑으면 한 비사가 잠을 깬다.

3
어둠을 겨냥하여 서릿발 한이 울고
당대의 정수리를 내리치는 혼불이여
그 날에 쓰러진 함성이 섬광으로 일어선다.

칼날 위에 마음을 세워라

검이 상징하는 것은 악惡이 아니라 진정한 용기와 진정한 지혜와 선善의 정신입니다. 검은 사람을 죽이는 것이 아닌 사람을 살리는 것에 그 목적과 정신이 있으며, 검을 다루는 사람의 마음에 따라 그 상징성이 달라집니다. 검을 악용해 마음을 다스리지 못하면 사람을 죽이는 칼이 되고, 남을 위해 사용하면 사람을 살리는 검이 됩니다. 칼은 안으로는 인간의 욕심을 제어하고 본심이 드러나게 하며, 도심道心과 인심人心 사이에서의 갈등을 초월하여 천지와 조화된 마음으로 나아가게 합니다. 또 밖으로는 사회적 불의를 숙청하여 정의를 실현하는 가을의 서릿발과 같은 결단적 의지를 상징하고 있습니다. 다시 말해 칼은 나의 본성을 회복시켜 주고, 그런 나를 통하여 모든 악업의 잔재들을 소멸시켜 버리는, 인존시대의 절대명제를 분명히 해주는 진리의 자기 표현인 것입니다.

시인 또한 검을 두고 "머리맡에 걸어 두면 가을물 소리 높다./ 굽은 목을 치려는 살의에 찬 저 눈빛/ 깊은 밤 칼을 뽑으면 한 비사가 잠을 깬다"라고 말합니다. 그렇습니다. 양심과 욕심의 경계, 즉 참과 거짓의 경계에는 언제나 칼이 있습니다. 오직 양심과 참됨만을 지키기 위하여 칼은 언제나 깨어있을 뿐입니다. 그리고 세상을 살면서 한 치의 기울어짐도 없는 칼날 위에 나의 마음을 세우는 것이 필요합니다.

하현

정혜숙

머언 기별 같은,
저물지 않는 이름 같은
외진 간이역의 늦게 핀 백일홍 같은
서늘한 한 줄 묘비명
하늘 난간
흰 하현下弦

하늘에 걸린 한 줄 묘비명 같은 하현달

달은 오른쪽이 초승달에서부터 점점 밝아지다가(상현달) 보름달이 되고, 또 오른쪽이 점점 어두워지면서 그믐달이 된 후에 완전히 검게 됩니다.

상현달과 하현달은 모양이 같고 좌우가 다를 뿐이라 구별하기가 쉽지 않습니다. 상현上弦의 뜻은 활시위(弦)가 위로(上) 간 모양으로, 활에서 잡아당기는 줄이 위로 간 것입니다. 그러나 항상 줄이 위로 간 것은 아니고 달이 서쪽에 있을 때만 위로 갑니다. 반대로 하현은 마치 활을 아래로 향하는 거와 비슷하여 아래(下), 시위(弦)을 붙여 하현이라고 불렀습니다. 쉽게 구별하는 방법은 밝은 부분이 오른쪽이면 상현달이고, 밝은 부분이 왼쪽이면 하현달입니다. 음력으로 22일 사이에 하현이 되며, 한밤중 동쪽 하늘에서 볼 수 있습니다. 이른 아침에는 남쪽 그리고 한낮 오전에는 서쪽하늘에서 볼 수 있는 달입니다.

시인은 이 하현달을 "머언 기별 같은,/ 저물지 않는 이름 같은/ 외진 간이역의 늦게 핀 백일홍 같은" 달이라고 표현하고 있습니다. 아니 하늘 난간에 걸린 "서늘한 한 줄 묘비명" 같다고 표현했습니다. 여러분이 생각하는 하현달은 어떤 달입니까?

손거울

정휘립

버짐이 키를 다투는
아내의 눈가 주름엔,

—제 울음 다 까먹고
늪지에 선 겨울새처럼—

철 늦은
국화 향내가

새까맣게

절어
있네

삶은 우리 행위들의 거울

거울은 단순히 사물만 비추는 것이 아닌 자아 성찰과 자존감, 열등감, 나르시즘(자기애), 현실과 다른 세계를 보여주기도 합니다. 즉 거울 속에 비친 얼굴, 과거는 미래의 거울, 문학은 현실의 거울과 같은 비유로 사용되어 내 자신이 누구인지 보여주고 내 자신을 알려줍니다. 그러나 세상에 아무리 많은 거울이 있다고 해도 내가 비춰진 거울만이 의미가 있습니다.

시인은 손거울이란 매개체를 통해 아내에 대한 미안함과 지극한 사랑을 표현하고 있습니다. "버짐이 키를 다투는/ 아내의 눈가 주름엔,// … // 철 늦은/ 국화 향내가// 새까맣게// 절어/ 있"다고 말합니다. 탐스럽게 피어나 향내 나는 국화가 아닌 이미 저버려 새까맣게 절여 있다고 말입니다. 이처럼 거울은 얼굴을 비춰보는 것 뿐 아니라 얼굴빛이 평화스럽지 않는가를 살펴야 합니다. 그래서 많은 성인들은 거울을 볼 때마다 그 거울의 맑은 본성에 취해 얼굴을 비치는 거울처럼 자신을 맑게 하여 세상을 비추는 모범으로 행동했습니다.지금 한 번 거울을 들여다보는 것은 어떨까요? 그 안에 누가 어떤 모습으로 비춰지는가를 보는 것은 어떨까요?

놋그릇, 꽃 피다

정희경

분가한 오빠에게 제사를 물리시고
놋그릇 한 벌씩을 건네시는 어머니
꽃대의 무게 중심이 꽃잎으로 번진 날

종부의 긴 침묵이 고봉밥에 담겼다
몇백 년을 궤짝에서 저들끼리 얽혀서
굵게 밴 쓴맛 짠맛이 닦여서 지워진 길

살풋 건드리면 종소리 울리는 저녁
노란 국화 짧게 꺾어 소복이 담는다
어머니 늦은 팔십 평생 환하게 피고 있다

놋그릇은 한 집안의 정신 유산

한국적인 감성과 정서를 가진 놋그릇은 안정된 조형미와 요란하지 않은 품격 있는 빛깔로 마음을 온화하게 합니다. 이처럼 단단하고 빛깔 좋은 놋그릇을 만들기 위해서는 놋쇠를 불에 달구고 두드리고 모양을 잡는 공정을 통해 하나의 그릇으로 태어납니다. 시간을 통해 익어가는 그릇! 평생을 통해 세대를 이어 사용하는 놋그릇은 시간이 만드는 것입니다.

옛날 놋그릇은 아무나 사용할 수 있는 그릇이 아니었습니다. 특히 종갓집 종부에게 놋그릇은 그 집안 가문의 정신이자 유산입니다. 제삿날 팔십 먹은 시적 화자의 노모는 궤짝 속에 보관된 몇백 년 된 놋그릇 한 벌을 맏아들에게 건넵니다. 종갓집 종부로서의 고된 삶을 내려놓고 맏며느리에게 집안 살림과 모든 권한을 맡긴다는 의미이기도 합니다. 그동안 늘 마음 한 구석 그늘로 남아 있던 종부의 의무, 제삿날 맏며느리에게 가문의 내력과 집안 살림을 넘겨주는 의무를 내려놓습니다. 순간 시인은 어두웠던 얼굴이 활짝 피어나는 어머니의 모습을 보면서 놋그릇에 꽃이 핀다고 말합니다. 놋그릇은 바로 한 집안의 정신이자 내력이며, 일가의 집안 살림을 묵묵히 지켜왔던 어머니의 눈물이자 삶이기 때문입니다.

컵밥 공양

조성문

입춘 내내 내린 폭설 천막 지붕 내려앉고
눈 녹듯 밤새 사라진 컵밥집 다시 문 여는
고시촌 비탈진 골목
탁발의 밥줄 길다

건밤 새운 칼잠마저 옹송그린 발우공양
종이컵에 꾹꾹 눌러 애옥살이 그리하고
집 없는 민달팽이들
걸랑 하나 그만이다

눈밭엔 부신 별살 꿈결 같이 고명 얹고
한 그릇 밥 비우는 건 그 하루 비손 하는 일
눙치는 노루꼬리 해가
꿀꺽 진다, 저 넘어

컵밥으로 읽는 고시촌 풍경

90년대 이후 고시 열풍이 불면서 생겨난 말이 '고시촌'이었습니다. 지금도 젊은이들은 생존경쟁의 마지막 보루로 선택한 공무원 시험이나 취업 경쟁에서 살아남기 위해 화장실도 부엌도 없고, 책상 하나와 이불 한 채, 창문 하나만 있는 쪽방에서 공부하고 있습니다. 당당하게 합격해 나갈 날만을 꿈꾸며 열악한 환경의 고시촌에서 새벽부터 밤늦게까지 책과 시름하고 있는 것입니다.

컵밥은 밥 먹는 시간도 아깝고 돈도 주머니 사정이 가벼운 이들을 위해 밥과 반찬을 컵에 담아 노점상들이 팔기 시작한 길거리 음식입니다. 시인은 이 컵밥을 시적 모티브로 삼아 고시촌에서 공부하는 젊은이들의 삶 풍경을 순우리말을 시어를 사용해 시조로 풀어내고 있습니다. 잠을 자지 않고 뜬눈으로 밤을 새운다는 '건밤', 가난에 쪼들려서 애를 써 가며 사는 살림살이를 뜻하는 '애옥살이', 호주머니의 사투리인 '걸랑', 마음 따위를 풀어 누그러지게 하다는 '농치다', 매우 짧은 해라는 의미의 노루꼬리 해 등의 시어가 그것입니다. 그런가하면 승려가 경문을 외면서 집집마다 다니며 동냥하는 일을 일컫는 '탁발', 스님의 공양 그릇인 '발우', 어른에게 음식을 드는 것을 말하는 '공양' 등의 불교 용어도 등장하고 있습니다. 이처럼 시인은 아름답고 고운 우리말을 찾아 쓰는 일도 게을리 해서는 안 됩니다.

인제 신남

조안

서울에서 원통까지 버스로 가다보면

가슴이 찢어져 너덜대는 사람들이

반가운 이정표를 만난다

인제
신남

인제 가면 언제 오나?

“인제 가면 언제 오나 원통해서 못 살겠네”라는 말의 유래는, 옛날 한 임금님이 난리를 피해 이 고을에 와 머물면서 한양 형편이 궁금해 몇 차례 사람을 보냈지만 돌아오는 이가 없자 다시 사람을 보내면서 “인제 가면 언제 오겠느냐”라고 묻고, “만일 또 돌아오지 않는다면 원통해서 못 보내겠다”고 한 말이 지금까지 전해지고 있습니다.

인제와 같은 행정구역으로 10분 정도 더 들어가면 인제군 북면 원통리가 나옵니다. 옛날 도로가 정비되지 않았던 때는 굽이굽이 가는 길이 멀고 오지 중의 오지였으며, 분단의 비극으로 남북이 서로 대치한 후로는 이 지역의 근무하는 군인들에게 회자되기도 했습니다. 그러나 지금은 고속도로가 시원하게 뚫려 “어떡하다 인제 왔나, 늦게 와서 원통하네”라고 바뀌고 있답니다.

이 시조의 착상도 여기에서 시작됩니다. 옛날 힘들고 어려운 팍팍한 삶을 살았던 지역민들의 애환을 시조로 풀어냅니다. “서울에서 원통까지 버스로 가다보면// 가슴이 찢어져 너덜대는 사람들이// 반가운 이정표를 만난다”고 말합니다. ‘이제는 신난다’는 의미의 “인제/신남”이라는 지역명을 시어로 차용해, 지루하고 답답한 마음의 분위기를 전환하는 것은 물론 재치가 엿보이는 발상의 전환이 돋보입니다.

아득한 성자

조오현

하루라는 오늘
오늘이라는 이 하루에

뜨는 해도 다보고
지는 해도 다 보았다고

더 이상 볼 것 없다고
알 까고 죽은 하루살이 떼

죽을 때가 지났는데도
나는 살아 있지만
그 어느 날 그 하루도 산 것 같지 않고 보면

천년을 산다고 해도
성자는
아득한 하루살이 떼

하루가 천년이고 천년이 하루인 성자의 삶

하찮은 미물인 하루살이가 거만하게도 하루 만에 깨달음을 얻었다는 것을 꿰뚫어 본 시인의 눈이 참으로 놀랍습니다. 인간이 생각하는 하루살이의 삶은 비록 하루 동안일지 모르나, 하루살이가 산 하루는 인간의 천 년과 같은 시간일지도 모릅니다. 우리들은 항상 순간에 살고 있습니다. 그러므로 내일로 이어지는 오늘이고, 어제의 연장으로서의 오늘이 됩니다. 만물은 구별 없이 하나이고, 공간의 감각도 시간 경과의 감각도 없습니다. 현재 자신의 현실이 방편이라고 인식했을 때 천 년을 산다고 해도 일어나는 흔들림, 즉 "죽을 때가 지났는데도/ 나는 살아 있지만/ 그 어느 날 그 하루도 산 것 같지 않고 보면// 천년을 산다고 해도/ 성자는/ 아득한 하루살이 떼"라는 이 깨달음의 체험으로의 회귀를 재촉하는 마음의 자연스러움입니다. 오늘 하루가, 뜨는 해와 지는 해가, 하루살이가 알을 까고 죽는 것 모두가 다 법문입니다. 모든 욕심과 집착을 버리고 최종적으로 자신을 버리는 순간 우리는 성자가 될 수 있습니다.

일산선유음一山仙遊吟

지성찬

같은 햇볕 아래 나무는 키가 다르고
같은 물을 마시고도 꽃빛은 사뭇 다르다
세월이 오는 소리를 바람이 먼저 안다 …〈3수〉

영마루를 넘는 해는 발걸음이 더디구나
돌아보는 지난날이 불꽃처럼 뜨거워라
모두 다 타버린 후에도 불씨는 남는구나 …〈5수〉

낮이 가고 밤이 오면 호수는 혼란스럽다
가슴에 묻어야 할, 수많은 이야기여
그 누가 푸른 물빛을 곱다고만 하느냐

길을 따라 호숫가를 한없이 걷다보면 …〈7수〉
시작은 어디이며 그 뜻은 어디인가
다 못 쓴 엽서 한 장을 걸어두고 가느니 …〈8수〉

눈 내린 이 아침에 설록차가 따스하다
철새들 몇 마리가 이 호수에 날아올 때
소동파 시詩 한 구절을 입에 물고 오너라 …〈12수〉

귀거래사의 삶을 그리워하며

전원에서 살고 싶다는 시인의 마음을 담아낸 시입니다. 셋째 수는 봄을 노래하고 있지만 화자 자신을 은유하고 있습니다. 똑같은 햇볕을 받았음에도 키가 다르고, 똑같은 물을 섭취했음에도 꽃빛이 다르다는 것은, 똑같은 환경 조건에서 살아가지만 사고방식이나 삶의 가치 척도는 다르며, 지금까지 이뤄놓은 것 없이 나이만 들어감을 안타까워 합니다. "세월이 오는 소리를 바람이 먼저 안다"고 느끼는 이유입니다. 여름을 표현한 다섯째 수는, 하루해가 더디게 서산으로 지는 것 같은데 불꽃처럼 뜨겁게 산 시인의 삶은 너무도 빠르게 흘렀다며, 살아온 세월에 대한 회한과 함께 부끄럼 없이 살아온 삶의 흔적을 남겼느냐고 스스로에게 묻고 있습니다. 가을을 노래한 일곱, 여덟째 수는 삶의 반성과 철학적 사유를 엿볼 수 있습니다. 가을 달빛에 눈이 시리도록 아름다운 푸른 물빛의 호수는 낮 동안 세상의 온갖 소란스러움을 밤새 가슴에 담아내고 화해시키면서 어루만져준다는 사실을 발견한 시인의 눈은 "시작은 어디이며 그 뜻은 어디인가"라고 반문하면서 답을 찾지 못해 여백으로 남겨둘 수밖에 없다고 고백합니다. 겨울 이야기의 열두째 수는 풀이 나무가 될 수 없고, 사철나무는 푸르지만 꽃 피울 수 없다는 것을 알기에 젊은 날 또한 되돌아올 수 없어 눈 내리는 아침 한 잔의 차를 마시면서 소동파의 귀거래사 삶을 살고 싶다는 시인의 마음을 표현하고 있습니다.

따스함에 대하여

진순분

호숫가 청둥오리 떼 제 집으로 돌아가는

낮은 창가 떠오른 초승달이 졸고 있는 밤

늦도록 책장 넘기며

행간 읽는 이 마음에

때론 안개 내리듯 지치고 고단한 나날도

가족의 이름들이 별을 다는 작은 그 집

두레상 보글보글 끓는

몇 그램 향기 따스한

가족 이름으로 별을 다는 행복 장소, 집

이 시조는 집이라는 내면 공간의 속성을 '따스함'이라고 말합니다. 집은 평화롭고 따스한 닫힌 공간인 동시에 가족이라는 뜨거운 생명이 피어나는 장소로, 닫혀있음으로 드러나지 않으나 열려 있는 그 어떤 장소보다 더 뜨거운 곳입니다. "호숫가 청둥오리 떼 제 집으로 돌아가는"것처럼 자유로울 수 있고 행복할 수 있지만, 어떤 순간에는 "안개 내리듯 지치고 고단한 나날"이 계속되는 닫힌 공간의 수인이 되기고 합니다. 시적 화자가 지키고자 하는 내면 공간 집이라는 실체의 깊이에는 "가족의 이름들이 별을 다는 작은 그 집"이며, 시조 속에 서술된 집의 속성은 휴식과 재생과 이해의 장소, "두레상 보글보글 끓는// 몇 그램 향기 따스한" 행복이 가득한 집입니다. 그리고 그 집의 방안에서 이야기를 나누는 사람들이 바로 가족입니다. '특별하고 별스러운 맛은 없지만, 안 먹으면 못 사는 흰 쌀밥' 같은 것이 가족으로, 이 단어에는 사랑만이 아닌 모든 인간의 정을 표현하고 있습니다. 그 가족 속에는 부모가 있으며 형제자매와 이웃이 자리하고 있습니다.

목욕탕 손씨

채천수

그저 오는 사람들 피곤과 때를 돌보며
때밀이를 한 지도 벌써 20년이네
내 청춘 비눗갑에 갇혀
비누 거품 다 됐어.

속 때는 못 벗기고 겉 때만 벗기지만
단골이 아니라도
대충 몸을 보면
어디서 어떻게 살았는지
내 눈에도 더러 보여.

사는 일과 몸뚱이는 무슨 등식이 있나 봐
굽은 노인 등이
벼랑으로 보일 때가
내 나이 쉰 조금 넘어 큰 수술 한 뒤였지.

누구도 시간과의 싸움에는 이길 수 없다

목욕탕 때밀이 손씨를 통해 자신을 돌아보는 성찰의 시조입니다. 손씨의 삶에 대한 통찰과 어렵지 않고 담백하게 풀어낸 사색의 결과 그리고 일상에서 실천할 수 있는 삶에의 조언을 하고 있습니다. 비눗갑에 갇혀 20년 동안 때밀이를 하면서 비누거품이 다 되었다고 자신의 삶을 고백하는 손씨는 "속 때는 못 벗기고 겉 때만 벗기지만/ … /대충 몸을 보면/ 어디서 어떻게 살았는지/ 내 눈에도 더러 보"인다고 말합니다. 시인은 자신을 돌아봅니다. "사는 일과 몸뚱이는 무슨 등식이 있나 봐/ 굽은 노인 등이/ 벼랑으로 보일 때가/ 내 나이 쉰 조금 넘어 큰 수술 한 뒤였지"라는 시인의 고백은 인생을 살아 본 사람들만이 할 수 있고, 이해 할 수 있는 삶의 지혜에서 나올 수 있는 성숙한 표현입니다.

그렇습니다. 경험과 연륜에서 우러나오는 삶의 지혜는 젊은이들보다는 세상을 더 많이 산 어른들에게서 더욱 빛납니다. 나이 든다는 것은 각종 능력이 쇠하고 외형이 볼품이 없어지는 것이 아니라, 다른 생명의 성장을 돕고 경험을 이어 전달하며 인생의 또 다른 가능성을 만들어가는 것입니다.

노숙자, 그 해 겨울

최연근

"내쫓지 마라 얼어 죽는다" 밤바람 흔든 환청
체감 온도 영하 25도 털모자도 이미 얼어
새벽에 노숙자가 달린다 서울역의 대합실

"더 이상 갈 곳 없다" 대롱대롱 매단 막장
녹지 못해 다시 언 입김 피를 타고 흐른다
아! 이 밤 까맣게 지우고 싶다, 뼛속까지 아린다

"추울수록 걸어야 한다" 비명보다 강한 주문呪文
톱날 같은 대리석에 얼어붙은 하루살이
한줌의 훈기를 찾아 거북처럼 기고 있다

사회적 약자에 대한 배려

"2011년 1월 17일 서울역 대합실 새벽 1시 30분 여객이 없는 시간, 노숙자 100여 명이 쫓겨난다. 한파에 쫓겨난 노숙자는 내려진 셔터에 매달려 있다가 청소가 끝난 30분 후 빛의 속도로 대합실로 뛴다. 이 날 몰아친 최악의 한파로 많은 노숙자가 숨졌다. 96년 만의 혹한, 천년극한으로 세계가 얼었다."라는 한 신문의 기사를 발췌해 주를 달고, 노숙자들의 문제를 환기시키면서 독자들의 공감대 형성과 이해를 돕고 있습니다.

"내쫓지 마라 얼어 죽는다", "더 이상 갈 곳 없다", "추울수록 걸어야 한다"는 시구들이 표현하듯이, 사회의 수레바퀴에서 이탈해 어쩔 수 없이 노숙자로 전락한 이들의 절규와 같은 메시지들이 마음을 아프게 합니다. 그들은 노숙생활로 전락하기 이전에 오랜 사회적 소외와 빈곤화 경향 속에서, 정상적인 가족을 구성하지 못했거나 정상적인 주거생활을 경험하지 못한 경우로 누군가의 가족 중 한 사람입니다. 또한 노숙생활로 전락하는 과정에서 자아의 상실, 삶의 의욕 상실 등 치유하기 어려운 정신적 상처를 지니고 있습니다. 그들이 사회성이 부족하고 능력이 부족해 사회에 적응하지 못한 사람이기에 사회에 복귀해 건강한 삶을 살 수 있도록 배려해야 합니다. 혹여나 그들을 차가운 세상 밖으로 밀어내지 않았나 하는 자성과 함께 따뜻한 마음으로 바라보는 시선이 필요합니다.

나목시대

최영효

보 삼백 월 이십의
광고지가 비 맞으며

근 한달 전봇대에
거꾸로 매달려도

이명에 환청만 듣는 선소리꾼 원룸 투룸

전세 든 전전셋집에
월세 든 떠돌이가

새벽 인력시장에
바람맞아 돌아서면

월말이 등을 다독이며 사글세를 청한다

담보냐 물으면
신불이라 답하며

혹싸리나 똥껍데기나
국밥이나 따로국밥이나

몸 하나 근저당 잡혀 내일 팔아 오늘을 산다

나목시대에서 읽는 희망의 메시지

나목裸木은 '잎이 지고 가지만 앙상히 남은 나무'를 말합니다. 나뭇잎을 다 떨군 벌거벗은 나무로, 겉보기에는 피폐해보일 수 있으나 사실은 봄을 기다리는 생명력을 담고 있는 이미지입니다. 시인은 이 이미지를 차용해 현실의 세태를 비판하고 있습니다.

이 시조는 자신의 몸 하나 편안하게 쉴 방을 구하는 과정을 통해 하루하루 벌어서 사는 일일노동자의 삶을 조명하고 있습니다. 보증금 삼백만 원에 월 이십만 원의 방도 구할 수 없고, 원룸이나 투룸은 더더욱 꿈꿀 수 없어 마치 이명이나 환청으로 들린다고 말합니다. 아니 전셋집의 보증금을 다 까먹고 월세로 떠돌고, 새벽 인력시장에 나가 일거리를 얻지 못하는 때가 많아지면서 결국은 신용불량자가 되어 거리로 내몰린 현실을 표현하고 있습니다. 오직 자신의 몸뚱이 하나 담보로 하루하루 살아가면서 내일을 살아가는 일일노동자의 삶의 근원적 슬픔에 대한 공감과 연민의 정서를 드러내고 있습니다. 일자리 단절과 대량실업으로 세상 살기가 어려워지고 각박해지면서 많은 사람들이 실업의 고통을 당하고 있습니다. 힘들고 어려운 때일수록 부정적인 생각보다는 긍정적인 생각으로 희망적인 삶을 살아야 합니다.

종가의 불빛

하순희

압정 같은 시간의 켜 연꽃으로 피워내며
막새기와 징검다리 품어 안고 건넜다
돌아서 되새겨 보면 탱자꽃빛 은은한데

누군가는 가야만 할 피할 수 없는 길 위에서
지고 피는 패랭이처럼 하늘을 이고 서서
추녀 끝 울리던 풍경 그 소리에도 마음 기댔다.

아흔일곱 질긴 명줄 놓으시던 시할머니
담 넘는 칼바람에도 꼿꼿하던 관절 새로
한 생애 붉디붉은 손금 배롱꽃잎 흩날리고

어느 새 종가가 되어져 있는 나를 보며
대를 이어 밝혀주는 화롯불씨 환히 지펴
마음을 따뜻이 데우는 등불을 내다 건다

종가는 우리의 마음과 같은 존재

종가宗家란 국가사회의 지도자격인 수많은 인물과 명문가가 탄생한 문중에서 대대로 문중의 대소행사를 맡아 관리하는 집입니다. 일반적으로 한 문중에서 맏이로만 이어온 큰집을 말합니다. 종갓집 사람들은 평범한 현대인과는 좀 다른 삶을 살아갑니다. 전통을 지키고 뿌리를 이어나간다는 자긍심으로 그들만의 삶을 영위해 나갑니다. 선비정신과 조상 대대로 내려오는 의례를 실천하면서 지역사회에서 상부상조라는 미덕을 몸소 실천하는 구심점이었습니다.

초저녁 어둠을 밝히는 종가집의 불빛은 아름다운 풍경을 주고, 늦은 밤의 불빛은 마음의 편안함을 줍니다. 그러나 시조의 행간을 들여다보면 오랜 세월 동안 온갖 시련을 다 이겨 낸 그 가문의 뿌리 정신과 기품, 마음을 따뜻이 데우는 등불을 밖에 내다 거는 배려의 마음이 오롯이 묻어납니다.

종가는 현대에 들어서도 전통문화의 진수를 보여주는 귀중한 자산으로, 세계적으로 그 가치를 인정받고 있습니다. 우리의 전통 문화를 다시 한 번 되돌아보는 마음이 필요합니다. 한국의 종가는 우리 조상의 건강하고 신선한 삶의 방식이 존재하는 마음과 같은 존재이기 때문입니다.

저물 듯 오시는 이

한분순

저물 듯 오시는 이
늘
섧은
눈빛이네.

엉겅퀴 풀어놓고
시름으로
지새는
밤은

봄벼랑
무너지는 소리
가슴 하나 깔리네.

저물어가는 사랑에 대한 애틋함

봄은 시작과 새로움 그리고 희망을 상징하기도 하지만, 상실·절망·슬픔·기다림 등을 표현하기도 합니다. 이런 연유로 문학 속에서는 봄을 비유하거나 봄을 배경으로 혹은 대상으로 하는 작품이 많이 탄생합니다.

이 시조의 시적 대상은 애잔한 봄일 수도 있고 혹은 저물어 가는 사랑에 대한 애틋함입니다. "저물 듯 오시는 이/ 늘/ 섧은/ 눈빛"입니다. 짧은 봄날 해가 저무는 것을 바라보면서 느끼는 시인의 안타까운 마음이 읽혀져 가슴을 찡하게 울립니다. 오죽했으면 엉컹퀴로 상징되는 질긴 생명력, 즉 밟아도 짓밟아도 돋아나는 그 그리움을 어찌할 수 없어 무방비 상태로 방목합니다. 아니 온몸으로 껴안은 채 시름으로 봄밤을 지새우다 더는 견딜 수 없어 무너집니다. 험하고 가파른 봄 비탈에서 버티지 못하고 결국 무너져 내려 그 돌더미에 시인의 가슴도 깔린다고 말합니다. 봄밤 시인의 마음이 읽혀지는 단시조입니다. 시조의 멋이 잘 표현된 절제와 서정이 잘 녹아 있습니다.

비

한분옥

내 마음의 빗살무늬 흙그릇을 앞에 놓고
생목을 조여오던 비의 말을 들었던가
함께 짠 시간의 피륙 어디에도 없는 비
가슴 속 물웅덩이 울음 우는 물웅덩이
메우듯 오는 비에 어느 뉘 발자국인가
몸 먼저 알아채는가 살 냄새 훅! 닿는다

사람 마음과 감정에 따라 느낌이 다른 비

비는 기쁨이 되기도 하고 슬픔이 되기도 하며 사랑이 되어 내리기도 합니다. 이처럼 사람의 마음과 감정에 따라 비에 대한 느낌은 다릅니다. 또한 봄, 여름, 가을, 겨울에 내리는 비의 종류에 따라 그 이름도 다양합니다. 이슬비, 는개비, 가랑비, 소낙비, 보슬비에 밤에 몰래 살짝 내린 도둑비, 싸래기처럼 포슬포슬 내리는 싸락비, 으스스하고 쓸쓸하게 오는 소슬비, 햇볕이 나 있는 날 잠깐 오다가 그치는 여우비, 눈비가 함께 오는 눈비 등 그 종류만 수십 가지입니다.

시인은 빗살무늬처럼 사선으로 내리는 비를 바라보면서 생각에 잠깁니다. 내리는 비를 받아내는 땅을 흙그릇으로 표현하면서 언제쯤 마음을 주고 빗소리를 들었던가라며 되묻습니다. 시인의 가슴에 있는 물웅덩이와 울음 울 듯 내리는 빗소리를 받아내는 물웅덩이를 채우며 오는 발자국은 누구일까요. 시인이 기다리는 마음속의 간절한 사람이거나 또 다른 무엇일 수 있습니다. 일기예보가 없던 때 어르신들은 동물의 행동을 보고 비가 온다는 것을 알거나 몸을 통해 먼저 느꼈습니다. 신경통을 앓는 분들이 "비가 오려나, 온몸이 쑤시네"하고 말하면 비가 오곤 했습니다. 시인도 그러한가 봅니다. "메우듯 오는 비에 어느 뉘 발자국인가/ 몸 먼저 알아채는가 살 냄새 훅! 닿는다"고 말합니다. 시인에게 비는 기다림과 건강에 대한 예후의 상징입니다.

폐광산촌에서

현상언

산기슭 솔향기에 솔숲이 술렁이고
기울어진 햇빛에 가을이 쏟아지는
과거가 고요히 환화幻化된 폐광마을 갔었네

아들은 광산에서 금빛 금속 캐내었고
아버진 논밭에서 금빛 옥토 일궜다는
한사코 발길 붙잡던 지팡이 할배 만났네

"예기가 우리 턴데 내 사는 곳인데
우리가 맹근 곡식, 먹어두 탈이 읎겄너?"
토양에 엉긴 사투리, 무겁게 내려앉았네

땅심도 사람의 일이라 사람 손을 탓을까
가난을 못 이기고 주름 세월 흩어진 가족,
막걸리 서너 사발을 푸념 대접 받았네

"곡식 여무는 모냥이 알싸하지 않응기
폐석가루가 퍼져뿌러 그렁 기 아니너?"
떠날 때 떠나지 않고 이렁저렁 흘러간 구름

빈 하늘 채우려고 바람 불어 달 뜨는가
서리서리 반짝이는 중금속의 그림자
억새풀 산발한 머리, 그 눈물 가리고 있었네

환경은 인류의 생명과 직결

중금속에 오염된 폐광촌의 현실을 구수한 강원도 사투리로 풀어 낸 시조입니다. 환경조사를 위해 폐광촌을 방문한 시인은 "과거가 고요히 환화幻化된 폐광마을"이라고 구술하면서, 심각한 환경오염을 안은 채 방치된 지 오래되었다고 말합니다. 중금속으로 인한 토양오염은 물론 광산에서 금빛 금속을 캤던 젊은 사람들은 일자리를 찾아 도시로 떠났고, "예기가 우리 턴데 내 사는 곳인" 고향을 떠날 수 없던 노인들만 땅을 지키고 있는 폐광촌의 현실과 환경오염의 문제점을 고발하고 있습니다. "우리가 맹근 곡식, 먹어두 탈이 읎겄너?", "곡식 여무는 모냥이 알싸하지 않응기/ 폐석가루가 퍼져뿌러 그렁 기 아니너?"란 시적 화자 할배의 한숨 섞인 질문에 시인은 할 말을 잊습니다. "토양에 엉긴 사투리, 무겁게 내려앉았네"라면서 언젠가부터 "서리서리 반짝이는 중금속"에 금빛 옥토의 땅이 오염되었다고, 아니 무성한 억새풀이 폐광마을의 눈물을 가리고 있다고 고백합니다.

자연은 조물주가 인류에게 준 선물이며, 그 선물을 잘 지키는 것은 인류의 몫입니다. 그런데도 우리는 자연의 신음소리를 전혀 듣지 못하고 있습니다. 자연을 관리하고 보존하는 노력이 필요합니다. 환경은 인류의 생명과 직결되기 때문입니다.

소풍

홍성란

여기서 저 만치가 인생이다 저만치,

비탈 아래 가는 버스
멀리 환한
복사꽃

꽃 두고
아무렇지 않게 곁에 자는 봉분 하나

봄소풍에서 얻은 치유의 시조

봄소풍을 떠났습니다. 봄볕들이 어느 사이엔가 진초록 세상으로 만들어 놓았고, 봄꽃들이 앞 다투어 피는 날 도시를 떠나 자연 속으로 떠난 것입니다. 봄의 생명력을 느끼면서 자연이 쏟아내는 수많은 이야기를 들으며 걷다가 나무 벤치를 발견하고 앉았습니다. 순간 산비탈 아래 지나가는 버스와 맞은편 산자락에 서 있는 복사꽃나무와 그 곁의 봉분이 시인의 눈을 붙들었습니다. 그 광경을 오래오래 바라보던 중 시인의 가슴을 쿵! 하고 치는 것이 있었습니다. '아, 여기서 저만치가 인생이로구나! 살아있는 나와 봉분 안에 누워 자는 이. 산 자와 죽은 자의 거리라는 것이 여기서 저만치로구나!'라며 깨우침을 얻습니다. 인생의 '거리'에 방점을 찍은 시인, 순간 포착된 이미지를 놓치지 않고 놀라운 직관력으로 한 편의 시조를 뽑아낸 것입니다.

인간의 생명은 유한하여 누구나 죽을 수밖에 없기에 그 죽음을 받아들이고 준비하는 사람의 삶은 아름답습니다. 시인이 '거리'에 방점을 찍은 이유입니다. 자신을 사랑하게 될 때 자신의 죽음까지도 사랑하게 될 것입니다. 이 시조를 통해 산다는 것은 아름다운 추억을 많이 만드는 것이라는 사실을 깨닫습니다. 산다는 것에, 죽는다는 것에 대해서 생각해 볼 수 있는 이 순간이 너무도 소중한 시간입니다.

아그배나무 그늘에서

홍성운

누가 불러 오셨나 아그배나무 그늘에

상처받은 마음은 그냥 내려놓고

실핏줄 환히 보이는 연분홍꽃으로

아침이면 이파리에 대롱대롱 이슬 달리듯

살다보면 그렁그렁 눈물이야 없을까만

그런 날 아그배나무는 자꾸 손짓한다

사랑과 미움이 버무려진 유월에

유혹일까 위무일까 휘파람새 절인 울음

그대가 내미는 그늘, 꽃등 하나 흔들린다

눈물 그렁그렁한 아그배나무 꽃

아그배나무는 봄이 한창 때 연분홍빛 꽃이 핍니다. 봉오리를 맺었다가 점차 흰빛으로 환하게 피어 마음까지 밝아지게 합니다. 서럽도록 하얗게 피어 있는 꽃을 보면 누구나 처연한 아름다움과 그리움에 발걸음을 멈추게 됩니다.

시인은 아그배나무 아래에서는 "상처받은 마음은 그냥 내려놓"고, 살면서 그렁그렁 눈물이 날 때면 아그배나무가 생각난다고 말합니다. "사랑과 미움이 버무려진 유월" 아름다운 지저귐으로 가슴 설레게 하는 휘파람새 소리, 때로는 유혹하는 것 같기도 하고 때로는 시인의 마음을 달래고 어루만져줄 것 같은 그 울음소리에 꽃등 하나가 흔들립니다.

그러나 많은 사람들이 콩처럼 작은 콩배를 아그배로 잘못 알고 있습니다. 아그배나무 열매는 배보다는 사과처럼 생겼습니다. 아기배처럼 작은 모양 때문에 아그배나무라는 이름이 생겼다는 추측이 있지만, 배처럼 생긴 건 콩배입니다. 산에서 설익은 열매를 따먹고 난 후 "아이고 배야"하면서 배를 움켜쥐었던 그 조그만 열매가 돌배입니다.

몽돌

홍오선

너무 보고 싶을 땐 눈을 감아버리고

너무 듣고 싶을 땐 귀도 덮었답니다

이제는 마음까지도 닫아버려야 할까요?

눈물로 헹궈내며 하늘만 볼 수 있다면

몸이야 있어도 좋고 없어도 좋답니다

한 백년 품고 산다면 더 바랄게 없답니다.

너무 보고 싶어 몽돌이 된 마음

몽돌은 돌멩이가 오랫동안 개울을 굴러다니다가 귀퉁이가 다 닳아서 동글동글해진 돌을 말합니다. 바닷가에서 볼 수 있는 매끈매끈하고 둥근 조약돌보다 좀 굵은 것을 몽돌이라고 합니다. 또 '얼굴이 둥글다'는 뜻도 있습니다. 그래서 얼굴이 둥근 사람의 얼굴을 가리켜 '몽실'이라고도 부릅니다. 몽돌이 되기 위해서는 많은 시간이 필요합니다. 애초에 몽돌이 되기 전에는 아마도 항아의 모래가 히말라야가 고향이었듯이, 바닷가 혹은 냇가의 몽돌 또한 이 땅의 어느 산이었을 것입니다. 그래서 몽돌은 "너무 보고 싶을 땐 눈을 감아버리고/ 너무 듣고 싶을 땐 귀도 덮었"다고 말합니다. 바위가 몽돌이 되기까지 너무나 많은 시간을 참고 견디기가 힘들어 "이제는 마음까지도 닫아버려야 할까요?"라면서 체념이 아닌 그리 할 수밖에 없는 숙명적인 삶을 대변하고 있습니다. 언제나 물속에서 벗어나 높은 산의 당당한 바위가 되어 하늘을 한평생 볼 수 있다면 몽돌은 부서져 모래가 되어도 좋다고 말합니다. "한 백년 품고 산다면 더 바랄게 없답니다" 시인은 이 시구를 통해 자식에 대한 그리움이 얼마나 큰 것인지를 말해줍니다. 열 손가락 깨물어 안 아픈 손가락이 어디 있겠습니까. 특히 눈앞에 보이지 않는 자식에 대한 그리움과 정은 더욱 클 수밖에 없습니다. 특히 그곳이 가서 볼 수 없는 곳이라면 더욱 애절할 것입니다.

포석

황삼연

바둑엔 패라는 기막힌 수가 있어
죽었던 말도 살리는 훙정을 할 수 있다
엇비슷 대가를 걸면 기사회생도 다반사

태어난 그날부터 예정된 끝점 있어
아까운 나이에 한뉘를 버리기도
여정 길 비장함으로 패 하나 만드느니

뗄 수 없는 한계가 필연으로 엮였다만
비록 안타까워도 순순히 내어주는
또 다른 십구로에서 흑백 돌을 놓는다.

바둑은 인생의 축소판

바둑은 인생과 닮았습니다. 바둑판에서는 늘 전쟁이 벌어집니다. 매순간 선택과 결단을 반복하며 한 판의 바둑이 두어지듯 우리 삶도 그러합니다. 때로는 예상치 못한 일과 마주치기도 하고, 열심히 한다고 최선의 결과가 나오지 않기 때문에 인생의 축소판이라고 말합니다.

시인은 인생을 살아가는데 가장 중요한 것은 삶의 포석布石을 놓는 일이라고 말합니다. 싸움이나 집 차지에서 유리하도록 초반에 돌을 벌여놓는 것처럼, 우리 인생도 원하는 삶기 위해서 혹은 삶의 고비에서 중요한 결정을 내릴 때 "비록 안타까워도 순순히 내어주는" 한이 있더라도 "또 다른 십구로에서 흑백 돌을 놓는다"고 말합니다. "죽었던 말도 살리는 홍정을 할 수 있"는 바둑의 패처럼 이것을 지키려면 저것을 놓아야 하고, 저것을 지키려면 다른 하나를 놓아야 하는 게 삶입니다. 앞이 보이지 않는 절망적인 순간에도 삶을 포기해서는 안 됩니다. 인생이라는 바둑판은 한없이 넓어, 돌을 아무리 멀리 던져도 바둑판 위에 떨어집니다. 그 돌 하나가 인생을 그르치는, 돌이킬 수 없는 악수惡手가 되어 삶 자체가 나락으로 떨어지는 경우가 많습니다. 그러나 우리 인생은 바둑판의 돌 하나로 끝나지는 않습니다. 세상을 잘 살기 위한 신의 한 수는 없지만, 인생에 잘못 둔 돌이 있다면 그 다음에는 정석을 둘 수 있기 때문입니다.